イギリス文学・文化の散歩道

——シェイクスピア／シドニー／メアリ・ロウス／ワイルド

村里好俊　著

開文社出版

ブリテン島およびアイルランド島

目次

まえがき

本書『イギリス文学・文化の散歩道』は、イギリスの様々な事柄について、気ままに綴られたものです。いわゆる専門書・研究書としてではなく、一般向けの入門書として書かれました。とりわけ、「序章　イギリス、15のいろいろ」は、イギリスの文化の諸相について書かれたもので、興味深くお読みいただけるのではないかと推察いたします。

その後続く五つの章で論じられた内容は、筆者が三十九年間に亙って、教育学部及び文学部で教えて来た数々の文学的テーマのうち、より興味深いと思われた問題に関して比較的平易に述べたものです。読んでお楽しみいただけるものと思います。

読者の皆様には、好みにしたがって順不同で、お読みいただき、筆者が大好きなイギリスの文学・文化の諸相について感じ取っていただければ、幸いです。

では、目次をご覧の上で、思い思いに、本文へどうぞ。

序章　イギリス、15のいろいろ

1 「イギリス」とは?

私たちが、普通に、「イギリス」と言っている国は、どんな国なのでしょうか。地理的・歴史的に考えてみましょう。

アメリカ合衆国、英語では、The United States of America、略して「ＵＳ（Ａ）」というように、イギリスのことを「ＵＫ」と言いますが、これは、United Kingdom of Great Britain and Northern Ireland を略したものだということをご存知でしょうか。日本語での正式国名は「グレート・ブリテンおよび北アイルランド連合王国」といいます。日本で一般に用いられている「イギリス」という呼び名は、ポルトガル語のイングレス Inglez がなまって用いられるようになったもので、明治以降「英吉利」の字があてられたことから「英国」とも称されるようになりました。また古くは「諳厄利亜」（アンゲリア）とよばれたこともあります。一七〇七年、イングランド王国とスコットランド王国が統合したとき、グレート・ブリテンの名が正式に定められ、ついで一八〇一年、グレート・ブリテンとアイルランドの統合のときに「グレート・ブリテンおよびアイルランド連合王国」となりました。現国名は、一九二二年にアイルランド国（現アイルランド共和国）が成立し、北アイルランドが連合王国にとどまったとき以来のものです。

「グレート・ブリテン」島には、かつて、多くの国々が乱立していました。やがてそれらは、三つの国々に統合されました。すなわち、一番大きく人口も多かった「イングランド」、ブリテン島の北の約三分の一を占める「スコットランド」、そして、イングランドの西の山がちの地方を占める「ウェールズ」の三国です（地図を参照のこと）。

「イングランド」とは、紀元四世紀に始まったとされるゲルマン民族の人移動に伴い、現在のデンマークやオランダに当たる地域に住んでいたゲルマン民族の支族であったアングル族、サクソン族やジュート族が海を渡ってブリテン島に攻め込み、古くからブリテン島に住んでいた「ブリトン族」をブリテン島の西の方へと追い払い、ブリテン島の東側の大半を占領して、アングロ・サクソン七王国（マーシア、ウェセックス、エセックス、サセックス、ケント、ノーサンブリア、イースト、アングリアの七王国で、現在これらは州名として残っている）を築きました。

ちなみに、ブリテンとは、「ブリトン人の国」の意味であり、「イングランド」とは、「アングル（エングル）人の国」という意味です。

ここまででお気づきと思いますが、「イギリス」という国名はどこにも出てきません。**私たちは、慣例的に「イングランド」のことを「イギリス」と呼んでいる**ことが分かります（本書でも、慣例にならって、「イギリス」と呼びます）。

まず、ブリテン島の西方の地域であるウェールズに関してですが、イングランド王エドワード一世（在位一二七二―一三〇七）が一三世紀の終わりにウェールズを征服し支配下に置くようになった結果、ウェールズは、戦いに敗れてからは、イングランドの一地域となり、一三〇一年にエドワード一世は長男エドワード（後のエドワード二世）に「プリンス・オブ・ウェールズ」（プリンスは王子の意味ではなく、君主の意味で、「ウェールズの君主」の意）の称号を与え、ウェールズの君主としてウェールズを統治させました（これより以後、イングランド王太子は、現在に至るまで、代々プリンス・オブ・ウェールズ（ウェールズ大公）の称号を引き継いでいきます。現在、チャールズ皇太子が「プリンス・オブ・ウェールズ」です）。

スコットランドに関しては、一六〇三年に、「ヴァージン・クイーン」と呼ばれた生涯未婚の「エリザベス一世」崩御の後、世継ぎがいなかったことから、[*1]彼女の親戚筋に当たる、当時のスコットランドの王であった「ジェイムズ六世」がイングランドに招かれ、「ジェイムズ一世」として戴冠しました。国としては、それまで通り、イングランドとスコットランドは別の国のままであり、ジェームズは、スコットランドでは六世、イングランドでは一世として君臨しました。それらの二つの国々が一つの国に統合されたのは、その百年後の一七〇七年のことです。

そして、海を渡って西に浮かぶアイルランド島をイングランドは古くから侵略・占領しようとし、一五世紀以来の激しい略奪戦争を経て、一七世紀後半、護民官クロムウェル治下の共和国時代に、実質的に植民地化しました。以来、アイルランドの人々はイングランドから独立するために、何度も蜂起します。

＊1　イギリスでは、正式の王と王妃の間の子どものみが王位継承者になれる。つまり、たとえ王の子どもでも、妾腹の子どもの場合には王にはなれないのである。将軍や藩主の子は、母親が止妻でなくとも、将軍あるいは藩主になれる日本の場合と大きく違う。例えば、八代将軍、吉宗は、御三家の一つ紀州藩の四男坊であり、母親は、藩主の背中を流す湯殿番という低い身分の者であったが、諸事あって運よく、将軍に迎えられた。

二〇世紀に入って、アイルランド独立戦争（一九一九年―一九二一年）が終わり、一九二一年一二月六日に英愛条約が締結され、一九二二年一二月六日アイルランド自由国が成立、イギリスの自治領となりました。ただし、北部アルスター地方の六州は、主として宗教の問題で、北アイルランドとしてイギリスに留まりました。これがアイルランド内戦へと発展することになります。以下、箇条書きにすると、

- 一九三一年　ウェストミンスター憲章が成立。アイルランドは、英国と対等な主権国家（英連邦王国）となる。
- 一九三七年　アイルランド憲法を施行、国号をアイルランド（愛：エール）と改める。
- 一九三八年　英国が独立を承認。イギリス連邦内の共和国として、実質的元首の大統領と儀礼的君主の国王の双方を戴く。
- 一九四九年　イギリス連邦を離脱、完全な共和制に移行する。
- 一九九八年　ベルファスト合意。直後の国民投票により北アイルランド六州の領有権を放棄する。

ということで、北アイルランドはイギリス領のままですが、目下、ＥＵからの独立問題で

揺れているようです。

　このように、いわゆる「イギリス」の正式名称は「連合王国」であり、いわゆるイギリス人の中には、「Are you an English?」と聞かれるのを嫌がる人がいます。

　元の「イングランド」内で生まれ育った人は、「イングリッシュ」と呼ばれても、違和感を感じないかもしれませんが、「スコットランド」や「ウェールズ」で生まれ育った人たちは、「私はイギリス人ではなく、スコットランド人です」とか「わたしはウェールズ人です」と答えるか、あるいは「わたしはブリティシュで

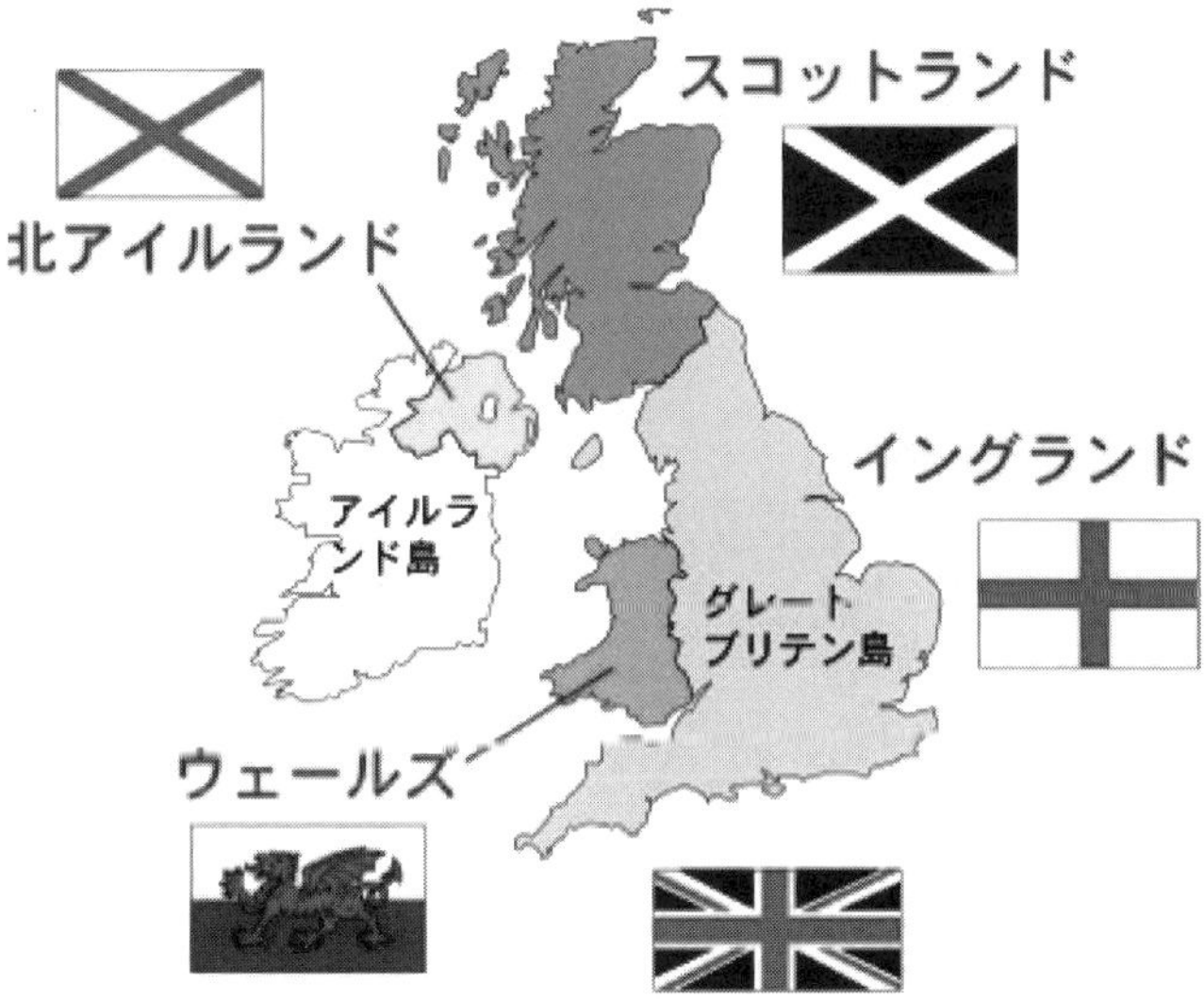

▲イギリスの国旗

す」と答えるでしょう。このように、「イギリス」という言葉は、正確には、国名とか国民名とかに当てはまらず、「英語」という言語にのみ当てはまります。「イギリス人」とは、「イングランド」という昔存在した国で生まれ育った人に相当するのみで、「スコットランド」や「ウェールズ」生まれの人には当てはまらないので、気を付ける必要があります。

2　イギリスのベッド・サイズについて

ロンドン・オリンピックの時のことです。日本のある民放のテレビの女性レポーターが選手村を歩いてレポートしていました。ある部屋に入り、寝室に置いてあるベッドのことについて、「長さが短いですね。選手たちは大柄な人も多くて、これでは長さが足りないのではないか」と、一見してまともと思われる感想を述べていました。そこで思い出したのは、筆者が昔ケンブリッジ大学に一年ほど滞在した時のことです。その間、車でイギリス中を旅したことがあります。イギリスはトール橋と言われる部分を除いて、原則的に高速が無料なので、車で旅するのが便利です。道は整っているし、運転は、日本と同じ右ハンドル、左側通行なので、楽ですし、自由に行きたいところに行けます。そこで、旅の途中、文学的・文化的・歴史的に由緒ある場所や、作家・作品にゆかりの土地や、貴族等の上流階級の屋敷などを見て回ったことがありますが、天蓋付きベッド、すなわち、四隅にポールが立ち、カーテンで仕切られる特別製のベッドを除いて、普通の一般家庭のベッドは確かに長さが短いと思っていました。筆者もなぜなのか疑問に思っていましたが、ベッドの長さが短い理由が分かったと思われたの

通りからみたシェイクスピアの生家

は、数年前、ロンドンから西北へ約百マイルほど離れた田舎町ストラットフォード・アポン・エイボンへ行った時です。今は世界的劇作家シェイクスピアの誕生地として世界中から観光客が訪れ、観光の町として栄えていますが、シェイクスピアの時代には、人口がせいぜい一五〇〇人程度の小さな町でした。その町のシェイクスピアの生家を訪れた時でした。

その家で、案内係の人に、「ベッドが小さいですね」と感想を述べると、その人は、「その昔イギリスでは、背筋を伸ばしてフラットに寝ている人は死んだ人であった、生きている人は、背を起こして半座りで眠りました」と説明されました。

シェイクスピアの生家の裏庭
（中央では、訪問客の要望に応じて、即興劇を演じている）

今も、ホテルなどで比較的固い枕と柔らかい枕が二種類ベッドに置かれているのは、固い枕を腰と背中に当て、半座りになって眠る昔からの慣習の名残りなのだろうと思われます。オリンピックの選手村の宿舎では、世界中から大きな体格をした選手たちが集まり、宿泊することが分かっていながら、丈が短いベッドで眠るという昔ながらの慣習が行われていることに驚きましたが、もしかしたら、選手の健康面を考え、善意から、体を起こして寝た方が健康に良いとの古い慣習的考えが、亡霊のように蘇り、選手村の寝室のベッドは短くなったのかもしれません。

さらにアメリカに目を移すと、一八世紀半ばから一九世紀前半を生きたトマス・ジェファソン（一七四三―一八二六）は、若くしてアメリカ独立宣言の大半を起草し、アメリカの第三代大統領を務めた人物ですが、自分で設計したとされる世界遺産にも登録された邸宅「モンティチェロ」のベッドは短く、一九〇センチの身長であった彼には、とても足りません。上半身を起こして寝る方が、健康に良いと信じられていたからです。彼はヴァージニア州に生まれ育ち、そこで暮らしました。ヴァージニアは「ヴァージン・ランド」として、一六世紀イングランドの処女女王エリザベス一世に、冒険家・宮廷人・詩人・歴史家のサー・ウォルター・ロリーによって捧げられた土地です。イギリスの古い伝統・慣習が強く残っていた土地柄なので、ベッドのサイズについても、その伝統的慣習が残っていたのでしょう。

また、別の意見として、長さが短いベッドで背を起こして寝る理由は、その方が、息がしやすいからというのがあります。その昔イギリス人は家の暖炉等で薪や動物の脂肪を燃やして煙をたくさん出させ、体のためにそれを吸う習慣があったことも、その一因かもしれません。

3　ハリー・ポッターたちは、なぜキングズ・クロス駅から汽車に乗るのか——ロンドンのターミナル（終着）駅について

ハリーポッターたちは、魔法学校ホグワーツを目指して、ロンドンのキングズ・クロス駅（Kings Cross Station）の $9\frac{3}{4}$ 番線発の汽車に乗ります。キングズ・クロス駅から汽車に乗ることで、ハリーたちが北を目指していることが明らかになります。キングズ・クロス

駅はイギリスの主要鉄道の一つであるイースト・コースト本線の終着駅です。駅名は駅舎がある地区名に由来します。本駅からはイングランドの北の町ヨークを経由して、スコットランドの首都エディンバラや、さらに北にある、今では北海油田や北海での漁業の本拠地であるアバディーンに向かう電車が発着します。

ロンドンには十一の終着駅があります。終着駅とは、列車・電車の最終到着駅という意味で、その先はなく、来た道を辿りなおすしか手はありません。こういう類の駅は日本には、よほど田舎の駅でない限り存在しないようです。東京駅が終点ではありますが、厳密な意味で終着駅ではないのは、例えば、博多駅から東京に向かうとき、東京がもちろん終点ですが、そこでまた電車に乗って東北地方や北陸地方などへ行く始発駅ということにもなります。そのように、一つの線の終点であろうと、また別の線の始発駅というのは、いわゆる終着駅ではありませ

キングズ・クロス駅 $9\frac{3}{4}$ホーム（の模型）

ん。

一八二五年、始めての鉄道がイギリスに誕生しました。それ以降、一九世紀半ばから二〇世紀にかけて、大小の鉄道会社が覇《は》を競って熾烈《しれつ》な競争のもと、一八世紀初めにイギリスで始まり、一九世紀後半には完成したとされる産業革命の象徴となり、時代の寵児《ちょうじ》として歓迎され、鉄道建設が行われました。当然のこと、鉄道各社は競ってロンドンに終着駅を建設したのです。

それらの駅は、各社の顔として、建築における新材料（特に構造用鉄鋼とガラス）の開発と工業化、建築構造技術の発展と相俟って、煌《きら》びやかに建設され、今まで経験したことの無い大空間を伴っていました。

ロンドンの鉄道駅は、中世のゴシックの大教会が、その高さと圧倒的な空間で、人類に与えたと同様の感動を、当時の人々に与えました。正に新時代の到来でした。

それらの終着駅の多くが、ロンドンには現在も残っていて、人々に利用されています。

長距離列車の代表的な終着駅は、以下の四つです。

①セント・パンクラス（インターナショナル）駅は、レスター、シェフィールド、

リーズなどのイングランド中部や南東部への列車、そしてユーロスターの玄関口です。

②その近所にあるキングズ・クロス駅は、イングランド北部と北東部、そしてスコットランド東側に位置する首都エディンバラ、東海岸沿いのアバディーンへ向かう列車の終着駅です。映画でハリーたちはこの駅から出発する汽車に乗るので、北へと向かうはずだと分かります。

③その近くのユーストン駅は、リバプール、マンチェスター、湖水地方、そしてスコットランド西の大都会グラスゴーなど、北西方面へ向かう列車の玄関口です。

④パディントン駅は、温泉の町バース、ブリストル、エクセター、そしてウェールズの首都であるカーディフなど、イングランド西部、南西部、ウェールズ南部へ向かう列車の終着駅です。

この他、中距離列車の終着駅として、以下の三駅があります。

①ヴィクトリア駅からは、ブライトンなどイングランド南西部に向かう列車が発着します。

②ウォータルー駅からは、南海岸のサザンプトンやポーツマスへ向かう列車が発着します。
③リバプール・ストリート駅からは、ケンブリッジやノリッジなどのイングランド北東部へ向かう列車が発着します。

比較的短距離列車が出る駅は以下のようです。

①チャリング・クロス駅↓イングランド南部と南東部。
②メリルボーン駅↓イングランド北西部。
③キャノン・ストリート駅↓ロンドン南東部。
④ロンドン・ブリッジ駅↓イングランド南部とサウス・コースト方面。

北のスコットランドに向かうには、キングズ・クロス駅が始発駅であり、西の温泉町バースに向かうには、パディントン駅が始発駅であり、北東のケンブリッジやノリッジに向かうにはリバプール・ストリート駅が始発駅であり、レスター、シェフィールド、リーズなどのイングランド中東部へ向かうためにはセント・パンクラス駅（この駅はまた、国際列車ユーロスターの発着駅）が始発になります。このようにどの駅から乗るかで、イギリスのどの方面に行くのかが決まります。

ところで、現在は、キングズ・クロス駅から蒸気機関車（いわゆる汽車）は出ていません。ハリーたちが乗る汽車は、実は、イングランドの北の方、北ヨーク・ムア（the North York Moors, ムアとは紫色の高原植物 heather ヘザーが夏には一面に咲き誇る荒野のこと）にある Goathland 駅

ハリーたちが乗った蒸気機関車

Goathland 駅

を通る蒸気機関車であり、映画の第一部では大男ハグリットがその駅でハリーたちを出迎えます。そして、ハリーたちが向かうホグワース校は、その駅から比較的近くにあって、由緒ある歴史に彩られたアニック城なのです。この城は、一〇九六年にアニック男爵イヴ・ド・ヴィシーが、スコットランド人の侵入を防ぐために建設を開始した要塞に起源があり、一三〇九年にはノーサンバランド伯爵パーシー家（後のノーサンバランド公爵）の所有となり、代々イギ

アニック城正門

ヘザー（ヒース）の野原

リス第一の公爵家とされるノーサンバランド公爵家による北イングランド支配の拠点となってきたものです。非常に豪壮堅固な城であり、映画の中では、この城の内部の芝地でハリーたちが箒に乗る練習をする場面があります。

オックスフォード大学クライストチャーチ学寮のダイニング・ホール（ハリー・ポッターシリーズのホグワース校の大食堂のモデル）

4　テニスでは「なぜゼロをラブというのか」

語源的には有力な説が二つあります。つまり、①フランス語で「卵」という意味の「l'oeuf（ロェフ）」が変化したもの。②オランダ語で「名誉」という意味の「lof（ロフ）」が変化したものというのですが、まず①の説明をすると、テニスは、フランスの王侯貴族の遊びから発展したもので、上流の紳士・貴顕たちが、ゼロ「0」という形を「卵」に見立てて l'oeuf（ロフ）とコールするようになった。そして、フランスからイギリスにテニスが伝わった時に、ロフという音を、ラヴと勘違いして、その言い方が世界に広まってしまったというのです。

これに対してオランダ語説はというと、中世のヨーロッパでは賭け事が盛んでした。普通賭け事といったらお金を賭けますが、映画でたまにあるように「名誉を賭ける」というのがあったのです。名誉は目で見ることは出来ません。そこでこんな連想ゲームのような

ものが登場しました。名誉→目で見えない→形がない→何もない→つまり、0（ゼロ）⁉

この連想ゲームから0のことを「lof（ロフ）」と言うようになり、それがいつしか「ラブ」へと変化したというもの。


さて、このような語源学的な説明ではなく、宗教的・歴史的意味を探索するのも、思想的・文化論的に面白い作業になるのではないでしょうか。

例えば、0とは形的には、円である。円は図像学的に完璧さを表す。一方で、キリスト教の神は絶対的で完璧である。神は愛そのものである。神の愛は完璧さの象徴であり、図示すれば、円、つまり0である。こうして、円同士が繋がり、神の愛は、テニスのゼロと結びつく・・・と[*2]

＊2　これと同趣旨のことを、東京大学名誉教授の故高橋康也先生がどこかに書かれていたと記憶するが、場所が特定できない。

5　イギリスにもあるモン・サン・ミシェル?!

フランスのモン・サン・ミシェル大寺院は日本人観光客を含め世界中から人々を呼び集める観光名所として有名です。しかし、これとよく似た寺院旧跡が、筆者が知る限り、イギリスには、何と四〇カ所ほどあります。そのうちの代表的な二箇所の遺跡をご紹介しましょう。

一つは、イングランドの北部のノーサンバランド州東海岸の沖にある島ホリー・アイランド（Holy Island）に存在する**リンディスファーン**（Lindisfarne）。そこは、潮が満ちると島となり、干潮になると土手道で本土とつながり、本土からは少し遠いですが、歩いて渡れます。車やバスで渡る人もいますが、潮の満ち引きの時間帯に注意する必要があります。

歴史的なことを書きますと、六三五年頃、ノーサンブリア王オズワルドの要請でスコッ

セント・マイケルズ・マウント

セント・マイケルズ・マウントの教会から
対岸の本土をみた光景（中央が土手道）

トランド西岸アイオナからやってきた、アイルランド出身の聖エイダン（Saint Aidan）は、島にリンディスファーン修道院を建て、スコットランドの西方にあるヘブリディーズ諸島の小島アイオナからやってきた僧たちが島に移り住みました。そこはイングランド北部のキリスト教布教の基地となり、当時の七王国の一つマーシア王国へ伝道団を送り成果を上げました。ノーサンバランドの守護聖人、聖カスバートは一僧侶から修道院長となり、数々の奇跡を起こしたといわれる人ですが、彼はのちにリンディスファーン司教となりました。

七〇〇年代初頭に『リンディスファーンの福音書』という、豪華華麗な写本で、マ

リンディスファーン福音書

ルコ、ルカ、マタイ、ヨハネの福音書のラテン語訳を収めたものがあります。これはおそらくリンディスファーンで作られ、作者はのちリンディスファーン司教となったイードフリスであるといわれます。一〇五〇年代頃、アルフレッドという僧はラテン語の教書にアングロ・サクソン語を書き加えました。古英語で書かれた最も古い教書の写しです。教書は、ケルト語、ゲルマン語、ロマンス語の要素が混じり合っていました。

七九三年にリンディスファーンはヴァイキングによる襲撃を受け、この事件はキリスト教西欧社会を震撼させました。ただし、『リンディスファーンの福音書』や聖カスバートの聖遺物といった重要な宝は略奪から難を逃れているため、ヴァイキングの襲撃の危険性について修道士たちは事前になんらかの警告を受けていたと考えられています。フランク王国のカール大帝は、捕虜とされた修道士のために身代金の準備をしましたが、この試みの成否は明らかではありません。ともかく修道院はこの一度目の襲撃は乗り越えましたが、八七五年に二度目の襲撃を受けるに至り、修道士たちはこの地を棄てて七年間放浪した後に、ブリテン島本土の古都ダラムへと落ち着くこととなりました（その時、既に埋葬されていた聖カスバートの遺体も共に運ばれ、現在ダラムの大聖堂に安置されています）。リンディスファーンの司教座は一〇〇〇年にダラムへ移されました。現在、リンディスファーンの福音書は、ロンドンの大英図書館に保管されています（ちなみに、その複製本が現地で買えます。綺麗な本です）。一〇八一年にはベネディクト会派によって修道院が建設され、一五三六年にイングランド王ヘンリー八世の修道院解体命令で取りつぶされるまで続いたのです。

ホーリー・アイランド島はノーサンバランド海岸の一部で、手つかずの自然が残っています。修道院はいまや廃墟となって文化財保護団体イングリッシュ・ヘリテッジの管理を受け、博物館となり、観光客を受け入れていますし、隣接する教会は今でも使用されています。

もう一つは、これと対角線上に全く反対方向で、イングランドの西南の果て、コーンウォール州ランズエンド沖合すぐにあるセント・マイケルズ・マウント（St. Michael's Mount）で、そこは、いわゆる小さな潮間島です。干潮から中位時には、グレートブリテン島のマラジオン町と人工の花崗岩の土手道で地続きになり、この島は本土からさほど離れていないので、歩いて簡単に渡れ、この様子がフランスの有名な世界遺産モン・サン＝ミシェルと似ている事から、英国版モン・サン＝ミシェルとも呼ばれます。

ちなみに、二〇一一年のこの教区の人口は三五人です。イギリスの自然保護団体ナショナル・トラストによって管理されており、一六五〇年以降、城と礼拝堂は St. Aubyn 男爵家の持ち物になっています。山頂の初期の建物は一二世紀のものです。

ロンドンから電車やバスを乗り継いで、あるいはレンタカーを借りて自分で運転し（イギリスは高速が無料で走れるので、車を利用するのにとても便利です）、五時間くらいは掛かりますが、泊りがけで行ってみませんか。ちなみに、宿泊予約はしていなくても、至る所に、（日本の民宿に当たりますが、一般に民宿より綺麗です）B＆Bがあり、Vacancy（空き部屋あり）と書いてあるところを探して、簡単に泊まれます。これは車で旅行するときのノウ・ハウです。

この島は歩いて、簡単に渡れるので、潮の満ち引きの時間を調べて、ぜひ訪れてみましょう。

ホーリーアイランドへの自動車道
（干潮時）

リンディスファーン修道院

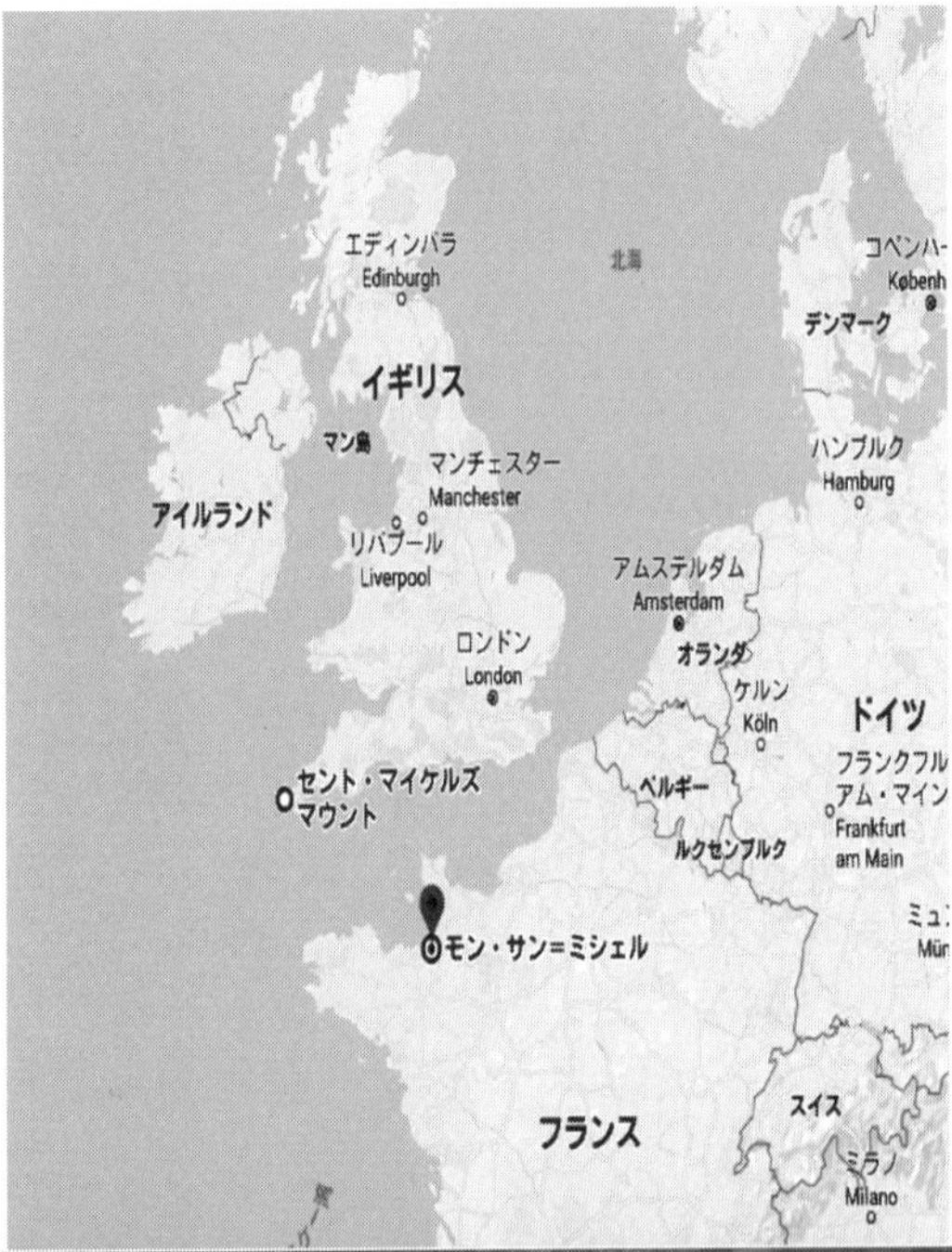

セント・マイケルズ・マウント

6　イギリス人のエスプリとユーモア

一般に、「「エスプリ（才気、機知、知的で攻撃的な才気煥発）」は、主としてフランス的、「ユーモア（おかしみ、上品な洒落、当意即妙、知的な攻撃や意志的な風刺に対して、ゆとりや寛大さを伴い、場を和ませる精神）」は、イギリス的と言われますが、実は、イギリス人は、エスプリとユーモアの両方を兼ね備えています。小説・物語の架空の場所を実在の場所として作るのは、その一つの表れではないでしょうか。

例えば、イギリス北部の東海岸に面する町ウイットビー（Whitby）にはドラキュラ上陸地と記したプレート（石板）が存在します。また、「Dracula Experience」という名のアトラクション施設もあり、ドラキュラに関して、小説に書いてある通りの色々な体験ができます。『ドラキュラ』の物語を簡単に要約しますと、イギリス征服を企図して迷信渦巻く東欧の地トランシルヴァニア（森の彼方の国の意）から一九世紀末のイギリスに侵入してきた不死者のドラキュラ伯爵が、強い連帯感で結ばれたイギリスの男たちによって阻止され、その目的を果たせずにイギリスから放逐されるという内容ですが、西ヨーロッパ諸国を越え、海を渡り、ブリテン島までやってきた時の上陸地がイングランド北方の港町であるウィットビーと想定されているわけです。このように、小説の中で書かれているフィクションを現実にそのまま当てはめて、実際にウィットビーに作ってしまうというイギリス人のユーモア感覚は、興味深いと思いませんか。

他方、ロンドンのベーカー街221Bにはシャーロック・ホームズの家が物語そのままに作られていて、観光名所になっています。この場合にも、ホームズ物語に描かれている通りに、現実のロンドンのベーカー街の同じ番地にホームズの家を建て、内部の家具調度

ウィットビー修道院の廃墟と墓石

ウィットビー修道院の廃墟

品、部屋の配置、ホームズの持ち物等をも、物語そのまま完璧に再現してあります。
ここに、ウィットとユーモアを愛するイギリス人の真骨頂が見られると思われます。

シャーロック・ホームズ記念館

ホームズ愛用の品々
（帽子、パイプ、虫めがね等）

7　ゴディバ・チョコレートについて

ゴディバ・チョコレートのロゴマークの、裸で馬にまたがる髪の長い女性はいったい誰でしょうか。この女性の名前は、ゴダイヴァ夫人。イングランドの中部にあるコヴェントリー地方の領主の正式な夫人でした。ゴディバという名称は、このゴダイヴァ夫人に由来します。英語の Godiva は、フランス語読みでは、ゴディィヴァに近いです。日本語表記の「ゴディバ」となります。

歴史的なことを書きますと、

ゴダイヴァ（九九〇？―一〇六七年）はアングロ・サクソン系の高貴な女性で、伝説によれば、イングランド中部のコヴェントリー市の通りを、裸で馬にまたがり通行したと伝えられます。それは、夫である領主が住民に課そうとした重税の免除を嘆願するためでした。その時、善良な住民たちは彼女の裸を見ないように家の雨戸を閉めて閉じこもりま

コヴェントリー市にあるゴダイヴァ夫人の騎馬像

したが、トムという不届きな若者だけは隙間から覗き見をしたため、たちまち盲目になったと伝えられています。彼はその後「覗き見のトム（Peeping Tom）」と仇名されるようになりました。

もう少し詳しく説明すると事情は以下のようです

伯爵夫人ゴダイヴァは聖母マリアの熱心な信奉者で、住民たちの幸せを願う気持は人後に落ちませんでした。そのため、コヴェントリーの町を重税の苦しみから解放せんと願い、たびたび夫に対して嘆願して（減税を）迫ったのです。夫の伯爵は、そのような夫人の差し出がましさをいつもきつく叱りつけ、二度とその話はせぬように嗜《たしな》めましたが、夫人がそれでもなお粘るので、ついには一計を案じて、「馬にまたがり、民衆の皆が見ているまえで、裸でその馬を乗りまわわせ。町の市場をよぎり、端から端まで渡ったならば、お前の要求はかなえてやろう」と言ったのです。

ゴダイヴァ夫人は、夫の意を受けて、「では、私にその意があればお許し頂けますのですね?」と念をおしたが、夫は「許す」といいます。伯爵夫人は、意を決して、髪を解き、髪の房を垂らして、全身をヴェールのように覆わせました。そして馬にまたがり二人の騎士を供につけ、市場を駆けて突っ切りましたが、その美しい足以外は誰にも見られないで済みました。そして夫に言われた道程を完走すると、彼女は喜々として驚愕する夫のところに舞い戻り、先の要求を訴えたのです。夫のレオフリク伯は、コヴェントリーの町を前述の税から免じ、勅令（憲章）によってこれを認定しました。

町衆みんなが守った礼儀にさからって、一糸まとわぬゴダイヴァ夫人をただひとり覗き見したというピーピング・トム。*3 彼にまつわる伝説は、文学作品から広まった形跡はなく、これは一七世紀以降、コヴェントリー地域の巷《ちまた》に出現した伝説です。

*3　ピーピング・トム（Peeping Tom）は英語の俗語で、覗き魔のこと。ゴダイヴァ夫人の裸身を覗き見た上記の男の名に由来する。日本語の同意の俗語「出歯亀《でばがめ》」に相当

8　イングランドの遠浅の海

ロンドンから北西の方向、電車で一時間程度の場所に位置する古都ノリッジ（Norwich　慣用的にはノリッチまたはノリッジと表記され、またノーリッチ、ノーウィッチと表記されることもある）は、イングランド東部、ノーフォークの州都で、人口約一三万人（二〇〇六年現在）。古英語で「北の町」の意味です。司教座が置かれ、一〇九六年にノリッジ大聖堂（Norwich Cathedral）が建設されました。

中世には、羊毛の取引によって得られる利益を利用して、多数の教会が建設されました。ノリッジには現

ノリッジの大聖堂

在もなおたくさんの中世の教会が残っています。その昔、羊毛の取引先は、スカンジナビアからスペインにわたる広範囲に及んでいました。

一六世紀、一七世紀には、フランスの新教徒ユグノーやベルギーのワロン人など様々なマイノリティが移り住んできました。彼らは、ノリッジの人々の利益となるような技術を持っていたこともあって、比較的抵抗なく地元のコミュニティに溶け込んでいきました。こうした人々が来たことにより、ヨーロッパ本土との取引が強化された結果、ノリッジは一六世紀にはイングランドの中でロンドンに次いで二番目に大きな都市となっており、産業革命の頃まで第二位の位置をウェールズとの国境近くに位置する西方の港町ブリストルと競っていました。

ノリッジは地理的に孤立した位置にあり、ロンドンへ行くよりも船でアムステルダムへ行く方が早いほどでしたが、一八四五年に鉄道が敷かれたことで孤立は解消されました。

二〇世紀初期には、様々な種類の製造業がノリッジの経済を支えるようになりました。靴や服、工具のほか、ボールトンポール社による航空機産業も重要な産業となっていました。また、かつてはチョコレート製造も行われていました。

ノリッジを州都とするノーフォーク州の北の海岸は、遠浅の地形で、九州の有明海沿いの地域に似ています。

日系のイギリス人作家で二〇一七年のノーベル文学賞受賞作家、カズオ・イシグロの映画化され、好評を博した小説、『私を離さないで（Never let me go）』の最後の場面で、ヒロインのキャシーがノーフォークまでドライブします。それは、愛するトミーが使命を終えて二週間後のことでした。特に何をしたいというのでもなく、何もない平野と大きな空とを見ながら、何の特徴もない畑

遠浅の海

また畑を通り過ぎると、遠くに数本の木々が見えてきます。その近くまで行き、車を止め外に出ると、目の前には数エーカーの耕作された大地が広がり、柵があり、有刺鉄線が二本張られています。下側の有刺鉄線には、ありとあらゆるごみが引っ掛かり、絡《から》みついていました。遠浅の海岸線に打ち上げられたがらくたのようです。不思議なごみを目にし、平らな畑を渡ってきた風を感じながらキャシーは物思いにふけります。ノーフォークの遠浅の海岸こそ、「子供の頃から失い続けてきたすべてのものの打ち上げられる場所」だと

想像するのです。

そして、四度目の臓器提供の手術をして死んだ友人トミーが蘇り、近づいてくる幻影を見る気がしますが、それも思い違いと知り、現実世界へ戻っていく場面で、小説が終わります。印象深い終わり方です。

9　イングランドで最小の都市（city）ウェルズ（Wells）について

ロンドンから西へ向かい、電車で二時間ほどの所にあるお風呂の町バース（Bath）の近郊にあるシティ、ウェルズは、人口が一万人ほどなのに、シティと言われます。その理由は、そこには司教座が置かれ、大聖堂が立っているからです。イギリスではシティになるのに人口の多寡《たか》は関係ありません。**司教座聖堂**は、カトリック教会の教区の中心となる教会の聖堂のことで、**カテドラル**（フランス語：Cathédrale）**大聖堂**とも呼ばれます。

イングランド南西部サマセット州メンディップ郡にある都市ウェルズ（Wells）は、イングランド最小のシティといわれますが、中世からシティとして認められ、司教座都市となりました。

　ウェルズの近郊には、アーサー王の墓があるグラストンベリー修道院もあります。また、古代にローマ人が作った壮麗な温泉施設があり、現在でもなお、三〇〇〇メートルの深さから四八度の温泉が、一日約一二五万リットルも湧き出ていて、町全体が世界遺産の町バースもあります。バースと別府は姉妹都市でもあります。

　バースとウェルズそしてグラストンベリーは必須の観光地として回りましょう。

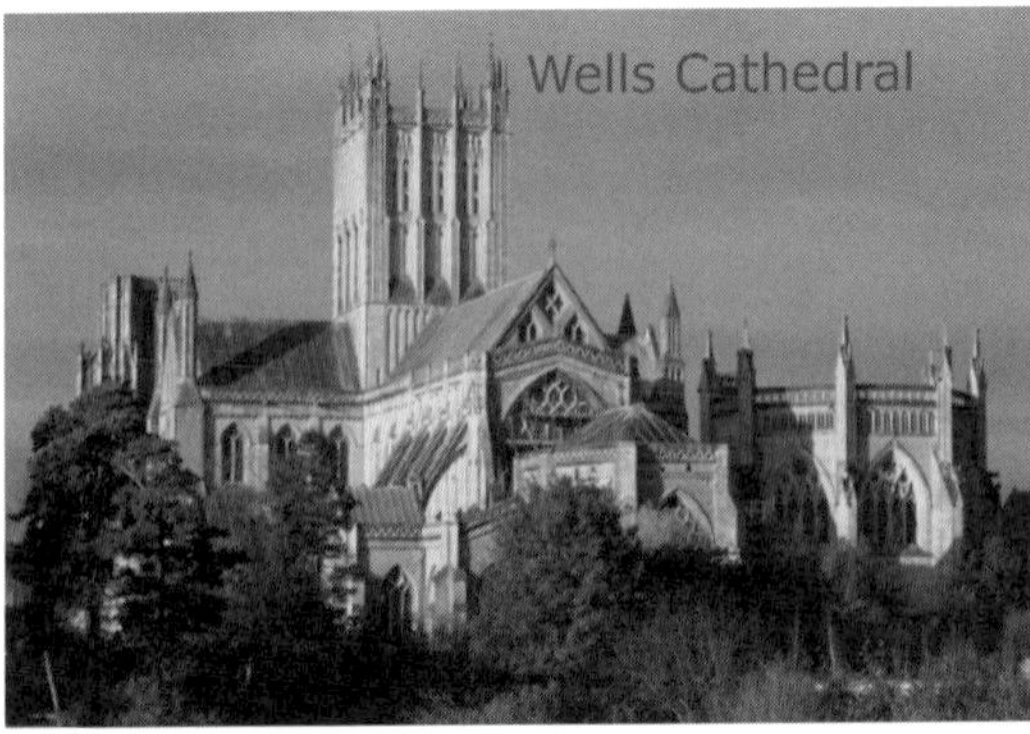

ウェルズ

ウェルズの大聖堂

10　なぜファースト・フロアが二階なの？

米語では、first floor が一階なのに、英語では、first floor がなぜ二階なのか、不思議に思ったことがありませんか。ちなみに、一階は英語では、ground floor と言います。これは、英国の建物の建て方に関係があります。ロンドンの一般の住宅街を歩いてみると、道路より下に一階部分があり、そこは大抵の場合、台所や食料貯蔵庫、洗濯場等になっているようです。

道路から数段の階段を上ると、そこには玄関の扉があります。建物の建て方からすると、そこは二階に当たり、居間・客間・食堂等があります。そして、その上にベッド・ルームが数部屋あり、それらは、建て方からすると三階ですが、second floor と呼ばれます。

つまり、道路の高さを基準として、道路より下がグラウンド・フロア、道路と同じ高さがファースト・フロア、その上がセカンド・フロアと呼ばれますが、建物自体の構造から見ると、グラウンド・フロアは一階、ファースト・フロアは二階、セカンド・フロアは三階部分に当たります。そういう事情で、英語では、ファースト・フロアが二階なのです。

漱石が間借りしていたロンドンの一般住宅

正面入口階段の左下に建物の一階がみえる

11　イギリス人の駐車の仕方について

駐車場に車を止めるとき、一般に、日本人は、出るときの便利さを考えてか、バックして後ろから停めますが、イギリスの人々は、筆者が知る限り、前からそのまま入って停めるようです。イギリス人が、日本人のように、バックして後ろから停めるのをあまり見たことがありません。

確かに、前からそのまま駐車場に入った方が、便利で簡単なように見えますが、しかし、やはり、出るときには、特に左右に他の車が駐車しているときには、苦労すると思われます。そんな時によく注意して観察していると、イギリス人は、自車が他の車に少しぐらい接触しても、あまり気にならないようです。車のボディは傷つくものと思っているかのようです。なので、前から入って駐車すれば、当然、出るときにそれだけ難しくなるはずで、隣に駐車している車に当たらないように、極力注意して出ようとして苦労して当然ですが、その時、少しくらい他の車と接触しても、あまり気にしてはいないようです。

日本人は、とにかく、綺麗に乗ろうとする意識が強く、細心の注意を払って、自車も他車も傷つけないように気をつけますし、そのために、出やすいように、バックで駐車するのが普通ですが、イギリス人は、その点があまり頭にないらしく、出るときのことよりも、停めるときの便利の良さ（手っ取り早さ）を考えて、前から入って停めます。

そこには、イギリス人的な考え方、つまり、簡単で便利なことを先ずはやって、複雑なことは後に回そうという考え方が顔を出していると考えられるかもしれません。

また、イギリスでは、どんな町や都会でも、路上駐車が普通で、その分通行する道幅が狭くなりますが、自宅の庭等を削って駐車場にすることは、なるべくしません。イギリスの家の敷地は、日本の家のそれより、一般にかなり広いと思われます。日本では、庭の一角を削って、駐車場にするのが普通ですが、イギリス人は原則、そんなことはせず、家の前の道に路上駐車しますし、一般にそれが許されています。

それがなぜなのか、筆者にはまだ分かりませんが、おそらく、綺麗な庭に駐車場を作って、庭の外観を壊したくないという気持ちが働くのではないでしょうか。車は道路を走るものなので、道路におくものと考えるのでしょうか。ただ、最近では、路上駐車の危険度が認知され、その考え方も改められて、路上駐車をなるべくしないようになってきているようです。

路上の縦列駐車

12　イギリスの住宅事情

一般に日本の住宅は、購入して一日でも住めば、その分価値が下がり、購入した値段より安くなるのは、車の場合と同じですが、イギリスの場合は、どうでしょうか。イギリスの住宅は、中古物件の方が値段が高くなるのが普通のようです。理由は色々と考えられますが、日本の住宅より頑丈な造りなので、耐久性に勝ることがその最たるものだと考えられます。

日本における鉄筋の作りのマンションのように、煉瓦や石造りのイギリスの住宅は、改築改装が思いのままに出来ます。アンティークが大好きなイギリス人の気質として、古いものを大切にし、有り難がるというのもあるかも知れません。誰かが住んだ後の方が、何かと便利で住みやすいということもあるかも知れません。潔癖症が国民的病と言われる日本人は、他人の手あかがついたものを嫌がる傾向がありますが、イギリス人は、そんなことは気にしないようです。確かに、ヴィクトリア女王支配下の大英帝国時代には、イギリス人も清潔好きという時代的病にとりつかれたこともありましたが・・・。

イギリスでは、百年前の家はさほど珍しくはなく、普通に売買され新しい買い手がつき

二軒で一戸建てのセミ・ディタンチト・ハウス

いわゆる長屋住居

一戸建ての家（Detached house）

かつての馬小舎を改造したアパート

タウン・ハウス（アパート）

ます。とりわけ、いかにもガーデニングが大好きなイギリス人の間では、大きな庭付きの家は好まれます。

中古の家を次々に購入し、それを転売して利益を得ることは、比較的裕福なイギリス人がよくやる手口です。

中古物件に価値を見出し、それを大切にするイギリス人と、新築にこだわる日本人と、国民性の相違がうかがわれますね。

13　イギリスの料理は、本当に不味いのか？

日本人の間では、一般に、「イギリスの料理はまずい」との評判が立っていますが、それは本当でしょうか。うまいと思うか、不味いと思うかは、個人差がありますので、一概には何とも言い難いのですが、少なくとも、筆者はそれほどまずいと思ったことがありません。手の込んだフランス料理と較べれば、確かに、イギリス料理はあまり手を掛けずに作られるので、劣るように感じられるかもしれません。だが、筆者は、不味いと思ったことはほとんどありません。例えば、B&B（ベッド・アンド・ブレックフスト、いわゆる民宿で、部屋と朝食を提供する一般家庭）などで出される朝食は、それぞれが美味しいと言えると思います。

伝統的な庶民向けのイギリス料理「フィッシュ・アンド・チップス」も、余り手は込んでいませんが、美味しいと思われます。筆者がこの十年あまり、引率してイギリスに案内してきた学生たちは、総数で千人くらいになります。彼らも最初は、イギリス料理の悪い評判を気にします。その全員が二週間ほどホームステイをして、イギリス人家庭の中で暮らし、食事を共にしますが、彼らが、食事がまずくて困っていると言うのを聞いたことがありません。もしかしたら、遠慮して文句をあえて言わない学生もいるかもしれませんが、筆者の観察では、基本的に満足しているようです。

アフタヌーン・ティー

B&B の朝食

というので、イギリス料理が不味いという日本人の間での評判は、あまり根拠がないのではないかと思われます。読者の皆さん、どうか安心して、イギリス旅行を楽しんでください。

14　日英の学生気質《かたぎ》

筆者は、この十年以上にわたって、かつての職場で同僚でしたイギリス人のS氏と協力して、福岡・熊本の諸大学の学生たちを、春夏の、年に二回、イギリス（春は、原則としてカンタベリーとオックスフォード、そして夏は原則バースとオックスフォードに滞在）へ三週間の語学研修で引率指導してきました。引率した学生たちの総数は、千名を越えます。その間、オックスフォード大学やバース大学の学生たちをチューターとして雇い、小グループ単位でディスカッション形式の英語の学習を通じて、日英の学生たちの交流を図りました。

筆者自身も、言わば介添え役として交流の仲間に入り、日英の学生たちの話を耳にしてきました。そして気づいたことがいくつかあります。

まず面白く感じたのは、日本の学生たちが授業中に居眠りするという話を聴いて、何と勿体ないことをするのかと、イギリスの学生たちが驚いていたことです。イギリスの学生たちにその訳を聞いてみると、イギリスでは、大学生たちは勉強という仕事をするのだと言います。大学生になるのは、親元を離れ、一人暮らしをするためだと言います。彼らにとっては、親から離れて自立することが大学生としての証なのです。そのために、学費・生活費などは、原

オックスフォード大学ボドリー図書館の入口

則として親には頼らず、自ら都合します。普通の学生たちは、学生ローンを利用して、学費等を賄います。アルバイトと勉強との割合がひっくり返っているのが現状である日本の学生ほどではないにしても、勉強に差しさわりがない程度にアルバイトをして、生活費の足しにはします。一般に、イギリスの学生たちは、寮生活をするか（オックスフォードやケンブリッジのように、最低一年間の寮生活を義務付けている大学もあります）、数人で家を借りてシェアして暮らします。勉強が仕事と考えているイギリスの学生たちは、一般に、よく勉強します。学業は厳しく、しかるべく勉強しないと、卒業はおろか、進級さえおぼつかないそうです。原則として、イギリスの大学には留年制度がなく、学業がおぼつかなければ、学生としての資格・資質がないとして、退学せざるを得ません。大学に行くために、親元から離れ、ローンまで借りるので、イギリスの学生たちは、勉強に対して真剣そのものです。

日本の学生たちが真剣ではないとは申しませんが、日本の学生たちは、自宅から通えるというのが、大学選びの選択肢の一つではないかと思われます。イギリスの学生たちのように、大学生になるのは、親から独立し、自分の足で歩くためだというような考えの日本人学生は比較的少ないと思われます。学費も親がかりで、生活費も、自宅通学であれば、親がかりなので、特にアルバイトをする必要はないように思われますが、それでもアルバイトに明け暮れるのは、自分が好きなものを自由に買うためであり、イギリスの学生たちに比べれば、贅沢だと言えます。

ただし、筆者は、日本の学生たちを一方的に非難しているわけではなく、日本の学生たちの学生生活の仕方にも何らかの、例えば、ある種のモラトリアム的な意味はあると思います。ただ、いつまでも親がかりで甘える日本人学生と、出来るだけ早く親元を離れ、自立を目指すイギリスの学生たちとの考え方と気質の違いが興味深いと考えているだけです。

翻って考えれば、同じ島国でも、日本と英国とは大きく違っています。

日本は鎖国をして、国内に閉じこもり、独特の自国的文化を育てました。自主・独立の精神を大切にする英国は、いち早く世界を駆け回り、良し悪しは別として、他者の存在を意識し、多くの国々を侵略し、植民地化しました。そこには、自主独立の精神が発揮されています。大きく言えば、閉鎖的文化と他者意識の文化との相違がそこには見られるのかもしれません。

15　イギリスの朝のニュース番組の不思議

イギリスの天気は変わりやすく、一日の中に四季があるというのは、イギリス人たちの会話の中心的な話題になるようですが、それは、朝のテレビの情報番組を見てもよく分かります。どのテレビ局ものべつ幕なしに天気予報を流します。日本の朝の情報番組もかなり引っ切りなしに天気予報を伝えるのは、同じ趣向かもしれませんが、例えば、先日筆者がはじめて訪れたドイツのテレビ放送の場合は、どのテレビ局も、頻繁な天気予報ではなく、色々な類のドラマを放映しているのと、これは対照的で、不思議だと感じました。

ドイツ人のドラマ好きは有名ですが、イギリス人（日本人）の天気予報好きと対照すると、それぞれの国民性の一端がうかがわれ、面白いですね。

第一章　be動詞は難しい?!

一見何の変哲もないように見えるbe動詞は、よく考えてみると、その解釈が難しいのです。例えば、イギリス人であれば、子供でも知っている有名な言葉、"To be, or not to be, that is a question."の"to be"はどんな意味でしょうか。

舞台上で一五六四《ひとごろし》を一六一六《いろいろ》（生没年）と実行した、世界最高の劇作家・詩人あるいは劇聖と称賛されるウィリアム・シェイクスピアは、五二年の人生【作家としての実労働時間は、二〇―二五年ほど】で、合計約四〇本の芝居を書き残しました。詩集も数冊出していますので、多産な作家と言えます。大まかに分けて、四つのジャンルの芝居、つまり、喜劇・歴史劇・悲劇・ロマンス劇を書きましたが、俗に四大悲劇呼ばれる、『ハムレット』、『オセロー』、『リア王』、『マクベス』がとくに有名です。その中でもとりわけ有名な芝居『ハムレット』には、主人公の、デンマーク王子ハムレットが舞台上に一人残って独白するセリフが、版にも拠りますが、七カ所あります。いずれの独白も、ハムレットのその時の真実の思いを観客・読者に伝える重要な機能を果たしますが、ここでは、もっとも有名な「第四（版によっては、第三）独白」の第一行目に出るbe動詞の意味について考えてみましょう。
「第四独白」は、第三幕第一場五六行目から始まり九〇行目まで続きますが、ここでは、その冒頭の数行を原文で引用してみましょう。

Hamlet: To be, or not to be, that is the question:
Whether 'tis nobler in the mind to suffer
The slings and arrows of outrageous fortune,
Or to take arms against a sea of troubles
And by opposing end them....

（**ハムレット**：・・・・・・・・・
どちらが気高い心にふさわしいのか。じっと
耐え忍ぶことか、非道な運命の矢弾を、
それとも海なす苦難に武器を取って立ち向かい、
戦って止めを刺すことか・・・。）

英語の文章で、この独白の第一行目ほどよく知られている一文はないでしょう。しかし、これはまた、単音節語を連ねた単純な文であるように見えながら（最後の"question"は、余韻を持たせるためか、意図的に二音節の女性韻にしてあります）、極めて難解な意味を秘めた一文でもあります。

河合祥一郎訳『新訳 ハムレット』（角川文庫、二〇〇三年）の「解説」によると、明治以降、公にされたこの一行の日本語訳は、何と四〇種類あるといいます。河合訳の後、大場建治『対訳ハムレット』（研究社、二〇〇五年）が付け加わったので、さらに増えたことになります。

明治になってから最初の日本語訳、一八七四年『ザ・ジャーマン・パンチ』掲載のチャールズ・ワーグマン（?）訳「アリマス、アリマセン、アレハナンデスカ」は、御愛嬌だとしても、その後の外山正一訳の「死ぬるが増しか生くるが増しか　思案するはここぞかし」（一八八二年『新体詩抄』所収）を手始めにして、何度か訳し直しをし、初めてのシェイクスピア全集を翻訳出版した坪内逍遥の「存《なが》ふか、存《なが》へぬか、それが疑問じゃ」（一九〇七年）、「世にある、世にあらぬ、それが疑問じゃ」（一九三三年）から現在に至るまで、"to be" の解釈は、凡そ次の三つの意味に分かれます（その他、浦口文治のユニークな訳、「どっちだろうか。――さあ、そこが　疑問」（一九三四年）があるけれど）。

①完全自動詞の意味＝「存在する」"to exist"
②不完全自動詞（連結動詞）の意味＝「～になる、～である」
③辞書にはないが、コンテクストから導き出した意味＝「する」

これまでに公刊された四〇数種類の日本語訳のうち、「生か死か」、「存在するか、しないか」、「世にある、世にあらぬ」、「あるべきか、あるべきでないか」などヴァリエーションはありますが、①の意味に解した訳が大半を占めます。そしてそれは、最近の河合訳「生きるべきか、死ぬべきか、それが問題だ」まで連綿と続いています（これは余談ですが、河合は坪内の親族なので、先祖帰りしたとも言えるかもしれません）。

これに対して、②の意味に解して、画期的ともいえる訳を出したのが、坪内に次いで二人目のシェイクスピア全集を翻訳出版した小田島雄志です。それは「このままでいいのか、いけないのか、それが問題だ」（『ハムレット』白水社、一九七二年）という訳。これは二〇〇〇年に出た小菅隼人の「これでよいのか、いけないのか、どうしたらよい」に受け継がれていますが、他には類例がありません。

③の意味に初めて解釈し、「やる、やらぬ、それが問題だ」と訳したのは、一九六六年の筑摩書房の「世界文学全集一〇」所収の小津次郎訳『ハムレット』です。この解釈を継承したのは、「するか、しないか、それが問題だ」と訳した、当代きっての芝居通の秀逸な英文学者で、河合と共著で詳細な『ハムレット』注釈本を大修館書店から出版した高橋康也です（一九九二年）。

最新の大場訳は、「存在することの是非、それが問題としてつきつけられている」とし、意味的には①を取ります、精巧な哲学的意味付けをして、原文の単音節を連ねたシンプルな英語を、いかにも難しげな日本語にしているようです。これは、作品のコンテクストを考慮して解釈した一例で、思い切った訳ではありますが、リズム的に単音節のつながる原文とはややかけ離れた訳と言わざるを得ません。

これらの解釈を踏まえた上で、あえて筆者は、意味的には②の解釈を採りたいと思います。その根拠について、以下で述べていきましょう。

さて、『ハムレット』[*1]の冒頭のセリフは次のようです。

I. 1. *Enter Barnardo and Francisco, two sentinels*
Barnardo: Who's there?
Francisco: Nay, answer me. Stand and unfold yourself.

二人の衛兵、バーナードとフランシスコ登場
バーナード：何者だ？
フランシスコ：そちらこそ答えよ。止まって名を名乗れ。）

この場面では、衛兵の一人、フランシスコが先に夜警に立ち、それを知っているもう一

*1　『ハムレット』からの引用は、Harold Jenkins ed., *Hamlet* "The Arden Shakespeare". London: Methuen, 1982 に拠る。日本語訳は、小田島雄志訳を借用したが、一部変更した個所もある

人の衛兵、バーナードが交代に来たのだから、後者は人影が見えたら、それがフランシスコであることは察しが付くはずなので、「何者だ」と誰何《すいか》するのは、バーナードではなく、フランシスコが言うべき言葉であるはずです。バーナードは、連夜続けざまに出現している先王ハムレットの亡霊がまた出てくるのではないかと恐る恐る見張りを交代に行くので、人影を見た途端に怯《おび》えて、このセリフを吐いたのでしょう。しかし、幕開きのセリフが「だれだ、そこにいるのは」で始まるのは、人間の、あるいは世界の Identity を問うこの芝居全体の縮図となっているとしばしば評されます。

現に、シェイクスピアの芝居には、identity の揺れを問題にする作品がいくつか見られます。例えば、シェイクスピア喜劇の最高峰とされる『十二夜』では、乗っていた船が難破したため、異国イリリアに漂着したヴァイオラ（Viola）姫は、自らの操を守るため、男装してこの国の公爵オーシーノー（Orsino）に仕え、愛する公爵に向かって、"I am not what I am."「わたしは本当のわたしではありません」（*Twelfth Night*. III. 1. 140）と言います。

また、四大悲劇の一つ『オセロー』では、本音・本心を隠し通して、あくまで "honest" な人物を演技する悪党イアーゴウ (Iago) も、"I am not what I am."「俺は俺じゃない」（*Othello*. I. 1. 66）と独白します。『リア王』でも、権力を娘たちに渡して、自ら恩知らずの娘たちの許から出奔《しゅっぽん》し、嵐の荒野の中で自らを見失ったリアは、付き添いの道化に、「あんたはリアの影法師にすぎぬ」と揶揄されます。

考えてみれば、"I am what I am." というのは、「神」の言葉であり、「神」そのものを指す言葉でもあります。人間である限り、identity の揺れを経験するのは避けられないことなのです。

私はハムレットの独白一行目の "to be" の意味を小田島式に②の意味に取りたいと思いますが、それを踏まえて、この行をハムレットが自らの identity を問う意味に解釈したい。つまり、「わたしはわたしなのか、それともわたしではないのか、それが問題だ」という意味に解釈することを提案したいのです。

もし、「わたしがわたし」、つまり先王ハムレットの息子ハムレットであれば、亡霊となって甦った父の復讐命令を実行し、現王で叔父、かつまた実母の夫となったクローディアスによって、庭園での午睡中に耳から毒汁を流し込まれて、暗殺された父の復讐を是が非でも果たさなければなりません。

これに反して、「わたしがわたしでなければ」、父ハムレットの息子ハムレットではないので、父の亡霊に命じられた復讐を果たす必要はなく、憎らしい獣のごとき叔父に身を任せた愛する母の裏切りを呪詛《じゅそ》しつつ、神に禁じられて自殺もままならないので、忸怩《じくじ》たる思いを抱いたまま、悶々《もんもん》として生きていくだけだ。

以上の私の解釈を含めて、“to be”の四種類の解釈を先のハムレットの独白に即して図示すれば、次のようになるでしょう。

① to be（存在する、生きる）＝ to suffer / The slings and arrows of outrageous fortunes
not to be（存在しない、死ぬ）＝ to take arms against a sea of troubles / And by opposing end them

② to be（このままでいい）＝ to suffer / The slings and arrows of outrageous fortunes
not to be（このままではいけない）＝ to take arms against a sea of troubles / And by opposing end them

③ to be（やる）= to take arms against a sea of troubles / And by opposing end them
not to be（やらぬ）= to suffer / The slings and arrows of outrageous fortunes

④ to be（わたしである）= to take arms against a sea of troubles / And by opposing
nd them
not to be（わたしでない）= to suffer / The slings and arrows of outrageous fortunes

ハムレットは、紆余曲折あって、復讐に狐疑逡巡《こぎしゅんじゅん》しながらも、やがて「わたしはわたしだ」と自覚し、河合祥一郎が『謎解き「ハムレット」――名作のあかし』（三陸書房）で言うように、「雀一羽落ちるにも神の摂理がある」と悟り、結局は「神の使者」へと変貌します。理性と行動とを兼ね備えたルネサンス的理想像であるヘラクレス的役割を果たすことで、自ら死の国へと旅立つことになりますが、結果的に彼が己の夢を託したノルウェーの王子フォーティンブラスに王位を譲り、新しい秩序をデンマークにもたらすことになるのです。

余談ながら、教会等での祈りの末尾で、牧師に導かれて、信者・会衆たちが「アーメン amen」と唱えるのが慣例ですが、この言葉は、英語の“So it be”にあたります。意味は、「神の御心のままに」ですが、この場合の it は、「現況、状況」の意味で、so は「神の思し召しの様に」の意味なので、「it が so でありますように」、平易に言えば、「私たちの生きている状況が、（良くも悪くも）神のお計らいのとおりになりますように」という意味であり、この be は上記の②の意味となります。

《シェイクスピアについての豆知識》

生没年は一五六四―一六一六年で、「ひとごろし、いろいろ」と覚えます。世界最高の詩人・劇作家として今なお評価が高く、いまなお世界のどこかで毎日のように彼の芝居が上演されています。「劇聖」と謳われながら、シェイクスピアに関しては謎めいたことが非常に多く、個人的な記録の類い、日記・手紙・芝居の原稿等は一切見つかっておらず、彼について本当に分かっていることは、「ロンドンから西北へ百マイルほど行った田舎町ストラットフォード・アポン・エイヴォン Stratford-upon-Avon で皮手袋職人の家に長男として生まれ育ち、その地で結婚して子供三人をもうけ、俳優兼劇作家となり、晩年は故郷に錦を飾り、手厚い遺言書を作成し、五二歳で死んだ」ということだけである。

シェイクスピアは、少なくとも三冊の詩集と四〇篇ほどの芝居を書き、百万語近い言葉を残したのに、明らかに彼の自筆と見られる言葉は、たった一四語しか残っていない。一六世紀後半の当時はまだ綴り方が確立していなかったため、名前の綴り方が全部バラバラのサイン（Willm Shaksp. / Wm Shakspe. / Willm Shakspere. / William Shakspe. / William Shakspe. / William Shakspeare）が六つ（これで一二語）と、遺言書にある by me（私が書いた）の、計一四語である。

シェイクスピアの存命中に彼の人物像を文字で説明した記録は一つもない。初めて彼の人となりを描写した文章――「彼はハンサムで、体つきもスマートな男だ。一緒にいて楽しく、当意即妙で洗練されたウィットの持ち主であった」――は、彼の死後六四年も経ってから歴史家のジョン・オーブリーが書いたものだが、オーブリーが生まれたのは、シェイクスピアが死んだ十年後である。

シェイクスピアの没後、彼の謎を解くために、四〇〇年近くに亙って英・米を中心に世界中の学者・研究者あるいは好事家たちが調査研究を積み重ね、様々の憶測を交えてシェイクスピアの足跡を辿った結果、彼の実像にかなり近いと推測される姿が刻まれているが、それでも今なお、シェイクスピア別人説（すなわち、ストラットフォードで生まれ育ち、ロンドンで俳優をしていたシェイクスピアと、数々の有名な芝居を書いた劇作家・詩人のシェイクスピアとは、別人物であるとする説）が矢継ぎ早に公にされている昨今ではある（これに関しては、河合祥一郎『シェイクスピアの正体』（新潮文庫）が面白く読める。）

シェイクスピアについて新しく発見された例として、例えば、

1ほんの一〇数年前に、シェイクスピアの母方の実家それ自体が、それまでそうと思われていた家の、本当は隣の家であったことの発見。その家には、ずっと人が住み続けていたので、綿密な調査が出来ず困っていたのだが、その一家が引っ越してくれたので、ナショナル・トラストがやっと緻密な調査をした結果、その事実が判明したのだ。

2 これまで、シェイクスピアの肖像画は、彼の死後一六二三年に出版された全集本である第一フォリオ版に掲載されたもの（図一）など数点あったが、最近になって、比較的若き日のシェイクスピアの肖像画（図二）が発見された。世界的シェイクスピア学者のスタンリー・ウェルズ（Stanley Wells）が満を持して発表したもので、その信憑性には賛否両論あるが、図二の肖像画が近年力を持ちつつあるようだ。

3 シェイクスピアが実際に書いたかどうか疑問視されていた劇 *Edward III* が、彼の先輩作家トマス・キッド（Thomas Kyd）との共作であることが、

図 1

図 2

何と学生のカンニングを見破るため制作された「カンニング発見器」を利用して、近年明らかにされた。

4 同じく彼が書いたかどうか疑問視されてきた *Cardenio*（一六一三年五月に宮廷で上演の記録が残るシェイクスピアと彼の後輩作家ジョン・フレッチャーとの共作で、『ドン・キホーテ』の一部を元に書かれた芝居とされる）を巡ってのアクション推理小説がハーヴァード大学の女性シェイクスピア学者によって書かれ（Jennifer Lee Carrell, *Interred with their Bones.* New York: Dutton, 2007. 日本語訳『シェイクスピア・シークレット』二〇〇九年）、シェイクスピア＝オックスフォード伯説を巡って展開する大胆で興味深い小説として大評判になった。

このようなことが今なお取り沙汰されている。シェイクスピアはまだまだナマコのような得たいのしれない mysterious な、あるいは、ロマン派の詩人・批評家コールリッジの卓抜な言葉では「幾百万の心を持つ」"myriad-minded" 詩人・劇作家であることを止めないようだ。

• ウィリアム・シェイクスピアに関しては、あの時代のあの社会的地位にある人間のことならば、これくらい分かっているだけでも御の字である。ただ、彼への私たちの関心が強すぎるから資料が不足しているように見えるだけで、長年に亙る研究の御蔭で、同時代の他のどの劇作家よりも、シェイクスピアについてはよく知られているのだ。

・シェイクスピアの戯曲が今日まとまって読めるのは、彼の同僚の役者だったヘンリー・コンデルとジョン・ヘミングズがシェイクスピアの死後、彼の全集を大判のフォリオ版として一六二三年に出版してくれたおかげである。

・シェイクスピアの作品が三六篇も一巻本として残っているのは、奇跡に近い。一六世紀～一七世紀初頭の芝居については、どの劇作家の手書き原稿もほとんど残っていないし、印刷された戯曲も大半は消失してしまっている。シェイクスピアが誕生した時から、一六四二年のピューリタン革命によって劇場が閉鎖されるまでの間にロンドンで上演されたとされる三千本近い芝居のうち、実にその八割が題名しか残っていない。この時代の芝居で残っているのは約二三〇本、うち、四〇本ほどがシェイクスピアの芝居であるのは、驚くべきことである。

・人間としてのシェイクスピアが謎めいているので、学者・研究者たちは彼の作品を調べることに精力を使ってきた。例えば、シェイクスピアの作品には、コンマが一三八、一九八個、コロンが二六、七九四個、クエスチョンマークが一五、七八五個、「耳」ということばが四〇一回、「肥溜め」が一〇回、「愛」が二、二五九回、「憎しみ」が一八三回使われていること、劇の中で使われている言葉は、全部で八八四、六四七語、セリフは三一、九五九回、それが一一八、四〇六行にわたって書かれていることが分かっている。

- シェイクスピア研究は、他のどの作家・詩人より抜きん出て盛んで、毎年四千近いまじめな研究書や論文などが世界中で生産されている。

ホーリー・トリニティ教会

妻アン・ハサウェイの実家

シェイクスピア墓碑

第二章　シドニーとは何者か

サー・フィリップ・シドニー（Sir Philip Sidney 1554–1586）は、シェイクスピアよりちょうど十歳年長の宮廷人・外交官で、かつ詩人・散文作家・文芸批評家です。

なにゆえ、ここでシドニーを取り上げるかと言えば、彼はイギリス・ルネサンス期に活躍した宮廷人でもあり、その天性の品格と古典的教養、そして宮廷人、外交官、軍人、詩人として、また学者や文人たちの保護者（パトロン）としての多面的な活動によって、「宮廷の花形」、「騎士道の鑑」、英国ルネサンスにおける理想的紳士像と謳《うた》われた人物だからです。

シドニーは、一五八六年に、ネーデルランド（オランダ）のズットフェンにおけるカトリックの大国スペイン軍との、ネーデルランド自立を支援する戦いで膝に銃弾を受け、それが原因で破傷風に罹《かか》り、若くして（三二歳にひと月足りない短い）生涯を終えましたが、彼の活動を文学の領域だけに限っても、残した業績は偉大でした。

シドニーは、人間としてばかりでなく、作家としても偉大であった。それは一つには、彼の著作の中に彼の人柄の秀れた美しさが映っているからであり、また一つには、文学の三つの異なった分野で成した彼の功績によってである。彼の『詩の擁護』は英国における最初の本格的な批評の書である。彼のソネット連作集『アストロフィルとステラ』は、『妖精の女王』よりも模倣しやすいものであるゆえに、より影響力の大きい、一六世紀の有力な作品の一つである。そして『アーケイディア』はエリザベス朝の散文の偉大な傑作であるが、もしそれが一般の読者にもっと近づきやすいものであれば、もっと広く、しかるべきものとして認められるであろう。シドニーは、これだけのことを全て、一〇年の間に、それも政治、外交、馬上試合、旅行、翻訳、恋、戦争などに明け暮れた生活の合間に、成し遂げたのであった。[*1]

この解説には、シドニーが先駆者となった牧歌劇『五月祭の佳人』が欠けていて、彼の功績は四つの異なる分野に及ぶとすべきですが、それはともあれ、彼がズットフェンの戦

＊1　Kenneth Muir, *Sir Philip Sidney*, Longman, 1960, p. 35.（大塚定徳訳）

場で重傷を負って倒れたとき、自分に運ばれてきた水を、同じように傷ついて倒れていた傍らの兵士を見やり、「君の方が私より必要としている」と言って、譲ってやったという逸話は、私たち日本人にも、英国の『初級英語読本（*Fifty Famous Stories*）』などを通して、よく知られています。

シドニーの死の訃報がオランダから英国にもたらされたとき、人々は異常な悲しみに襲われ、深い哀惜の念に満たされたといわれます。シドニーの友人や親族たちにとっては、彼は「一門の光明」であり、国を代表する偉大な政治家になるべき人でした。学者や文人たちにとっては、彼は雅量のあるパトロンであり、また当代最高の詩人の一人でした。まさに彼は、エリザベス一世（在位一五五八―一六〇三）の宮廷において、ハムレット王子を評するオフィーリアの言葉に仮託して言えば、「廷臣の眼差し、学者の弁舌、武士の剣、御国の華とも、末々の力とも、風流の鑑とも、作法の型とも、心ある人がみな仰ぎ見た」紳士の典型であったといえるでしょう。

しかし、このことは、シドニーが宮廷においてエリザベス女王の寵愛を一身に受けていた、ということを必ずしも意味しません。彼の父親ヘンリー・シドニーは、メアリ女王（在位一五五三―五八）の時代には、その夫であったスペインのフィリップ（フェリペ）

二世の侍従武官を勤め、エリザベス女王の時代になってからは二度にわたってアイルランド総督に任ぜられるほどの重臣でした。また、母親メアリはノーサンバランド公ダドリーの娘で、エリザベス女王の寵臣で恋人のレスター伯ロバート・ダドリーの姉でした。したがって、シドニーは父母両方の側において高い血統と家柄を誇りうる跡継ぎとして育てられ、期待をかけられました。しかし、母メアリの父ダドリー公は熱心なプロテスタント主義を標榜し、シドニーが生まれる一年前の一五五三年に、カトリックの女王候補のメアリに楯ついて、ヘンリー七世の曾孫でプロテスタントのジェイン・グレイ姫を女王に擁立しようと企てましたが、失敗し、叛逆の罪で処刑されました。この大事件は、シドニー家にも暗い影を投げていましたし、また、後にアイルランド総督となった父が現地でとった剛直な政策（軍事課税など）が、優柔不断な女王の政策と折り合わず、女王から相応の処遇を受けなかった、ということなどは記憶しておくべきでしょう。

ところで、シドニー自身は、一門の期待を担い、当時新設のパブリック・スクールであったシュローズベリ文法学校、オックスフォード大学クライスト・チャーチ学寮などで学んだのち、一五七二年から三年間いわゆる「グランド・ツアー」に出て、ヨーロッパ諸国、そしてイタリアの主要都市に遊び、諸外国語の習得と諸国の事情の理解に秀れた才能を発揮し、その所期の目的を果して帰国しました。そして、帰国後一年を経た一五七六年には、女王の宮廷での「酌取り」の役に任ぜられ、翌一五七七年には二二歳の若さで、ドイツ新皇帝ルドルフ二世および新選帝候パラティン伯ルイス六世のもとに、彼らそれぞれの父親の逝去に対して哀悼を捧げる女王代理の外交使節として派遣されています。だが、その大陸滞在中に、使節の役目をこえた出過ぎた活動、スペインの脅威に対抗する「プロテスタント同盟」結成の可能性を探るためオーストリアやドイツの貴族と接触する活動を行なったため、それを察知して彼の「危うさ」を感じた女王によって本国に呼び戻され、以後数年にわたって、政治・外交上の重要な役目を与えられなくなるという結果を生むことになりました。

政治・外交上の重要な役目を与えられなくなった理由には、右のことの他に、帰国後まもなく父のアイルランド政策を弁護する論文を書いて女王に提出したこと、さらに、一五七九年に、エリザベス女王とフランスの王弟アンジュー公との結婚問題をめぐっての意見の対立から、ハンプトンコート邸のテニス・コート上での諍《いさか》いを例として、オックスフォード伯との間に争いを生じさせたり、その結婚に反対する論文を女王に送り、女王の逆鱗《げきりん》に触れ、一時宮廷から退かざるをえなくなったこと、などを付け加えることができるでしょう。

しかし、その数年間――一五八〇年前後は、彼自身にとっては本来の男性的活動の舞台から疎外された不本意な時期であったとしても、英文学の世界にとっては、『詩の擁護』や『アストロフィルとステラ』や『アーケイディア』などの偉大な作品が次々と生み出された幸せな時であったと言えます。ただ、その数年後の一五八五年、シドニーが三一歳のとき、スペインの脅威が増大したため、皮肉にも女王は、彼をフリシンゲンの司令官に任じ、ネーデルランドの戦場に赴かせ、結果的に彼の死の原因を作ったのでした。

さて、シェイクスピアの喜劇『十二夜』二幕五場一四五行で、ヒロインのひとり、オリヴィア姫の侍女マライアは、姫を密かに慕う、高慢ちきで自惚れ屋の執事マルヴォリオを欺《あざむ》くために、姫の筆跡を真似て偽物の手紙を偽造し、その中で「生まれながらに高貴な御方、自らの力で高貴さを獲得する御方、そして高貴さを押し付けられる御方がおられます」と講釈します。この気の利いた警句は、イギリス・ルネサンスを代表する詩人の一人であったサー・フィリップ・シドニーに、とりわけ当てはまる言葉であると思われます。彼の父サー・ヘンリー・シドニー（Sir Henry Sidney 1529–86）は、名門の家柄の出ではなく、爵位を持たぬ一介の政府官僚として、ウェールズとアイルランド総督を務めたに過ぎませんが、シドニーの母メアリ（Mary Dudley=Sidney d. 1586）は、エドワード六世早世の直後、プロテスタント主義を標榜して、ヘンリー七世の曾孫にあたるジェーン・グレイ姫（Lady Jane Grey 1537–54）を息子ギルフォード（Guilford Dudley 1534–54）の妻とし、摂政として君臨しようとしましたが、結局、カトリックでヘンリー八世の長女メアリに敗れて大逆罪で処刑されたノーサンバランド公ジョン・ダドリー（John Dudley, Duke of Northumberland 1502–54）の娘であり、主馬《しゅめ》の頭《かみ》ウォリック伯爵（Ambrose Dudley, Earl of Warwick 1528?–90）、女王の恋人レスター伯爵（Robert Dudley, Earl of Leicester-d. 1588）の実姉であり、一五六二年にエリザベス女王が天然痘に罹って死に瀕したとき、傍で誠心誠意看病し尽くして、回復させた、女王の信頼篤い女官でした。ただ、看病した彼女自ら罹病してその後、終生、痘痕が消えませんでした。

少なくとも、母方の血筋において極めて高貴な家柄に生まれたシドニーは、生涯にわたって大きな期待を背負わされ、自らもそのことを深く自覚していました。そして、そのことが周囲の期待に添えない自らの資質に対して苛立ちを覚える原因ともなり、女王の結婚問題に歯に衣着せず意見して女王の不興を買い、宮廷出入り差し止めを喰らって妹メアリ＝ペンブルック伯令夫人のウィルトン屋敷に寄寓し、鬱屈した日々の中で、現実世界では叶えられない思いを虚構の世界に反映させて、四つのジャンルの先駆的な作品を書くことになったのでした。

一面において、シドニーは、エリザベス朝の宮廷人として欠くことのできない資質であった武勇、剛毅、高潔、華麗さを具備した多芸多能の秀でた人物であり、作家として優れていたのは、彼の人格の非凡な美しさが作品に投影されているからだという見解があります。だが、ある意味で、それは作られた神話あるいは伝説であり、三二歳にならない若さで戦死した「ズットフェンの英雄」としてシドニーを祭り上げ、〈処女女王〉に忠誠を誓う騎士道の華に仕立て上げようとする女王の側近たちの企みに他ならなかったのではないか。イメージ戦略的に女王の神格化を目論む宮廷の中枢に座る一派によって画策されたその方針によって、シドニーは、高貴な家柄の出で、将来を嘱望されたにもかかわらず、その歯に衣着せぬ直言のため、宮廷でしばしば無視され、辛酸をなめ、錯綜した心境の宮廷人から、騎士道と礼節を弁えた理想的騎士へと変貌することになりました。

シドニーを宮廷の理想像へと一変させたのは、女王の宮廷にわだかまる不満分子たちの性急な行動を抑えようとする体制派の深謀でした。その一つの重要な根拠となるのは、スコットランド女王メアリ・スチュアート（一五四二―八七）の処刑と、シドニーの国葬に匹敵する壮大な葬儀がほとんど間をおかずに実施されたことです。シドニーを国家的英雄に祭り上げたのは、長い逡巡の末にではありますが、他国の女王だった者を大逆罪で処刑せざるを得なかったエリザベス女王と宰相ウィリアム・セシルを中心とする体制派の宮廷人による民衆の不満の鉾先を鈍らせるための画策であったと解釈できなくはないように思われます。

先に述べた通り、シドニーは主要な文藝の四分野、つまり、劇作、批評、詩集、散文と韻文がない交ぜになった恋物語で、先駆的な傑作を残しました。処女作『五月祭の佳人』（*The Lady of May*）は、牧歌娯楽劇の草分け的佳品であり、『詩の擁護』（*The Defence of Poesie, or An Apologie for Poetry*）は、英国における最初の本格的批評書であり、『アストロフィルとステラ』（*Astrophil and Stella*）は、一五九〇年代に隆盛を極めた〈連作ソネット集〉の先鞭を付けた一四行詩集であり、『アーケイディア』（*The Arcadia*）は、散文ロマンス（あるいは、英雄叙事ロマンス）の代表的傑作として、また近代小説の祖として讃えられています。しかし、これらの作品をシドニーが書き上げたのは、皮肉なことに、エリザベス女王から宮廷への出入り差し止めを喰らい、寄寓した実妹メアリの嫁ぎ先であるウィルトン屋敷においてであって、当初の目的はメアリと彼女に仕える侍女たちを楽しませるために書かれたのでした。

しかし、たとえ宮廷人・外交官としては不遇をかこつ身ではあれ、詩人としてのシドニーはこれらの先駆的作品群を残しました。これを当時の歴史的・思想的・文化的・文学的コンテクストから読み解く仕事が私たちに課せられた仕事であると思われます。その目的を果すため、シドニーが書いた諸作品を当時の詩文的かつ思想的文脈の中で検討し、同時代の詩人たち、そしてとりわけ、大詩人で、シドニーの文学的盟友であったエドモンド・スペンサー（Edmund Spenser ?1552–99）の諸作品と比較検討し、またシドニーの姪で、彼を敬愛し、女性的視点から叔父の作品の書き換えを目論んだレディ・メアリ・ロウス（Lady Mary Sidney / Wroth 1587–1653?）の諸作品を、シドニーの諸作品と関連付けて検討し論じることが、その課題に応える一つの方法だと思われます。

シドニーが生きた時代は大変革の時代でした。シドニーの時代においては、現代の私たちの時代とは違って、信仰は精神の問題で、その一方で、政治は現実の問題であると、切り離して区別されませんでした。政治も軍事も宗教も一体となった国造り・国の体制が理想とされたのです。当時イングランドはカトリックの大国スペインとの関係で、宗教問題で揺れていました。ローマ教皇からはエリザベスの暗殺指令書が密かに発布されていたのです。盟友のプロテスタント国オランダでは、支配国でありカトリックの大国である、対スペイン戦役が展開し、シドニーの叔父レスター伯爵が総司令官として派遣され、シドニーもまたフラッシング砦の司令官として同行しました。ダドリー家・シドニー家、そしてシドニーの岳父ウォルシンガム家は揃って〈欧州プロテスタント同盟〉結成の意欲に燃えていましたが、カトリックの両大国であるスペインとフランスとを挑発する可能性のあるこの考え方は、宗教的政治的中庸を重んじる女王と、その右腕のセシルの方針に抵触したのでした。

時代思潮的な観点から検証すれば、シドニーが生きた時代は、まさに中世以来の神中心の秩序と調和の閉じたヒエラルキーの世界から、開かれた茫漠とした無の空間へと、世界のイメージが移り変わろうとしていた狭間に当たると考えられます。やがて世紀末から一七世紀初頭にかけて、腐敗と死の臭いに塗り込められた暗欝な時代が訪れて、時間の中に空しく流されて行くという感覚を通して不安と恐怖が描出されることになります。そしてこのことが、例えば、形而上詩人ジョン・ダン（John Donne 1572–1631）の恋愛詩に明らかなように、〈庭〉〈小部屋〉〈恋人の瞳〉〈恋人の涙〉の中へ、無限級数的に小さな世界へと避難し、閉じ籠ろうとする〈クローストロフォビア〉的心理を、つまり自分の体を丸め、自分の周りを囲繞《いにょう》することで外の流れる世界から隔離・庇護されようとする身振りを産むことになるのでした。

このいわば「楽園としての庭」は、閉じた円環の構造としてイメージ化され、神を完全な円として理念化する時代の人々には、宇宙の調和・秩序の象徴といえるものでした。ところが、この円環ないし球体が壊れる、すなわち、蛇の比喩を用いれば、已の尾を咬むウロボロスが、次第に咬んでいた尻尾を放して一匹のジグザク運動をする蛇となるのです。

折しも、大学を出て、二〇歳前後の三年ほどを欧州に遊学して、諸国の権力者・宮廷人は言うに及ばず、生涯の師として仰ぐことになる人文学者ユベール・ランゲ（Hubert Languet）を筆頭に、各国の知識人とも親交を結び、大陸の進んだ文化をつぶさに見聞して来たシドニーは、優れた詩人の常として、鋭敏に時代状況を感じ取る嗅覚を備えていたと察せられます。

また、シドニーの個人的な事情を考えてみると、父方は騎士階級として爵位に与《あず》からず、辺境であったアイルランドの総督に過ぎず、国の中心となるロンドンの宮廷政治にはほとんど無縁でしたが、エリザベス女王の寵臣として当時権勢並ぶものなきロバート・ダドリー＝レスター伯を母方の叔父に持ち、この叔父にも、またもう一人の伯父ウォリック伯にも世継ぎがまだ誕生していなかった、そのために、彼らの後継者として爵位を継ぐものと将来を嘱望されながら、〈欧州プロテスタント同盟〉確立を目指す過激な目立った政治行動が国内の非国教徒を刺激しないように、カトリック大国スペインへの懐柔策を進める女王の逆鱗に触れ、不興を買ったせいで、その上、女王の結婚問題に身分を弁えず直言したために、わずかな期間を除いて、ほとんど全く政治的要職には就かせてもらえなかった。そのように、いわば干《ほ》された生活を強いられたことは、自分の才能に自信を持つ、誇り高い若者にとって憤懣やる方ない日々であったであろうと思われます。そして、そのような鬱屈した状況のなか、シドニーは実妹ペンブルック伯令夫人のウィルトン屋敷で悶々とした状態で、当初の直線的な語りの文体で書かれた牧歌的散文ロマンス『オールド・アーケイディア』を、複雑な語りの構造を備えた英雄叙事詩的ロマンス『ニュー・アーケイディア』へと書き直していたのでした。

矛盾に満ちた不安と不信の蔓延する精神風土から生まれた〈マニエリスム芸術〉、一説では、一六世紀始めのイタリア画家、ポントルモに端を発するとされる〈マニエリスム芸術〉は、拠って立つ基盤がないという不安定感から、何よりも疎外感、調和と秩序の欠如、自虐性、積極的な意志の欠如、不統一、曖昧、晦渋、気まぐれ、綺想、不均衡、装飾過多、方向と焦点を欠いた流動などをその特徴とする一方で、錯綜した現実に背を向け、自らの技の世界に没入する。これこそがマニエリスムの誇りであり、一種高踏的な技巧主義という一面も併せ持つのです。一見すると、このような著しい面を持つマニエリスムと、宮廷文人シドニーとは無縁であるように見えますが、果たしてそうでしょうか。シドニーは、社会的にも個人的にも不安な時代状況の中で、それらを明敏に感じる感性を備えていた詩人として、咬んでいた尻尾を放した蛇を、アルカディアの国、そして叙事詩的散文作品『アーケイディア』に解き放ったと言えないでしょうか。

英米においてシドニー研究の曲がり角は一九七〇年代を境としてあったと思われます。かつては、同時代の宮廷人で詩人、かつシドニーの竹馬の友でもあったグレヴィルの『シドニー伝』の影響などもあって、シドニーを宮廷の花形としての〈理想的紳士像〉、〈礼節の鑑〉と見做し、彼の実像とは程遠いと思われる英雄崇拝的な理想像を刻むことが慣例となっていました。しかしながら、比較的最近では、シドニーは、その実人生において様々な辛酸をなめ、結局、志を果せないまま戦場に散った、屈折した心の持ち主であったとして、彼の等身大の人間像を描くことへと、英米の研究者たちは方向転換してきました。

この間の事情は、例えば、わが国の夏目漱石が〈則天去私〉を全うして悟りを開いた偉人として崇拝されるという、いわゆる〈漱石神話〉を、江藤淳その他の批評家たちが打破して、現実に生きた苦悩する人間として漱石を明治という時代に戻して、その実像を克明に描いて来たのと、似ていないこともないと思われます。

そして、私もまた、その流れに掉さすがごとく、マライアが高慢な執事マルヴォリオを欺くために、姫の筆跡を真似て偽造した手紙の中で使った言葉をまさしく真似て、シドニーを「高貴さを押し付けられた」人物として捉えることで、〈シドニー神話〉の再検証を図りたいと思います。

ギリシアのペロポネソス半島中央部に位置する山国アルカディアは、風光明媚であることも相俟って、古くから詩歌に歌われ、ギリシアの詩人テオクリトス、ローマの詩人ウェルギリウス以来、牧歌的理想郷として名高い場所ですが、この〈囲われた庭〉と形容すべきアルカディアを主要な舞台とし、この国の二人の王女（パメラとフィロクレア）と、テッサリア、マケドニアの二人の王子（ムシドロスとピュロクレス）との恋物語を主筋とし、それに様々な挿話を絡ませ、四六駢儷《べんれい》文的華麗な文体で、複雑な語りの構造を構築した作品が、シドニーの代表作『ニュー・アーケイディア』なのです。シドニーが実妹メアリ＝ペンブルック伯令夫人のウィルトン屋敷に寄寓していた一五八〇年には一応脱稿していたはずの『オールド・アーケイディア』を、おそらく一五八二年から八四年にかけて、大幅な改訂、推敲を施して、全五巻のうち三巻の途中までを起草しながら、結局完成できなかった作品が、『ニュー・アーケイディア』なのです。すなわち、『オールド・アーケイディア』は、筋の運びが直截で、時間的な順序に沿って展開され、一人の決まった語り手が物語全体を語るという、伝統的な語りの手法を採用した作品ですが、一方、『ニュー・アーケイディア』はこれに大幅に加筆し、謀略と船火事による二度目の難破のためアルカディアに漂流して到着する前に、二人の王子が武者修行の途中で遭遇する数々の冒険とか、[*2]

＊2　古典的叙事詩の作法に則って、まさに〈事件の核心から〉筆を起こすこの物語では、これらのエピソードの全てが「第二巻」で、回顧譚として語られる。私は、これを〈過去の［出来事の］現前化の手法〉と名付けたい。また、作品には、様々な人物、様々な地名が現れ、複雑な絵模様を織り成すが、過去の全ての出来事は、まるで舞台の上で登場人物たちが対話しているかのように、それらが起因となり、いかなる次第で現在に至ったかの経緯が代わる代わる語られるので、これは〈演劇的手法〉と呼ぶことが出来る。

今一人の主要登場人物、アルカディア王バシリオスの甥、アムファイアラスの悲劇的な愛と反乱、及び彼の母で蛇のごとく狡猾なセクロピアによる王位簒奪の陰謀などの重要な挿話を付加し、より洗練され複雑な、いわば、入れ子構造の語りの技法と、より精巧な修辞的文体を駆使して織り上げて、数倍に膨らました作品なのでした。

一五九〇年にスペンサーの代表作『妖精の女王』(**The Faerie Queene**)と同じ出版業者から、シドニーの没後、彼の友人フルク・グレヴィル(Fulke Greville 1554–1628)の仲介で、未完のままではあるが、出版の日の目を見た『ニュー・アーケイディア』は、『妖精の女王』と同じく〈英雄叙事詩〉と評して差し支えないかと思われます。シドニーの『詩の擁護』の一節を借りれば、「真の詩を作るのは、別段、脚韻とか韻律ではなく」、「詩の目的は読者を教え且つ楽しませること、すなわち、喜ばしい教え」ですし、スペンサーは「ローリー卿への手紙」の中で、自らの創作意図について、全巻に通じる「主要な目的は、紳士、すなわち身分ある人に立派な道徳的訓育を施すことにあり」、「大抵の人が・・・筋の変化のために喜んで読む歴史物語に潤色」すれば「最も納得しやすく楽しいはず」と考え、「アーサー王の物語を選んだ」と説明しています。[*3] 両作品は、共に未完の大作であるばかりでなく、複雑な構成と複雑な装飾的文体と複雑多数の登場人物、さらには複雑な寓意・主題という面でも、目まぐるしく入り組んだ迷宮的世界であると読者の眼には映りますが、二人の詩人が構築する作品の迷宮的世界は、その目的と性質が自ずと異なるように思われます。あえて言えば、『ニュー・アーケイディア』は〈曖昧な迷宮〉であり、『妖精の女王』は〈明瞭な迷宮〉と呼ぶことが出来るからです。

『妖精の女王』は、一見して、それがどんなに複雑に錯綜した作品空間に見えようとも、例えば、アラステア・ファウラーが作品全巻を「数秘学」の理論で見事に解明したように、いわば円と直線が作る幾何学的な均整に基づいて組み立てられていいます。様々な物語が語られ、それにかかわる多彩な寓意を帯びた登場人物が神話・古典への言及を織り混ぜながら、応接に暇《いとま》がないほどに現れるので、読者は時に当惑しますが、物語自体の展開の仕方は単純で、次々にエピソードを積み上げて行く仕方で〈ストーリー〉が前進して行きます。一つのエピソードが、原因と結果の枠組に基づいて、必然的にその前の出来事から産出されるのではなく、すなわち、アリストテレスの言う単一的な〈プロット〉の下に統合され

＊3　スペンサー『妖精の女王』の日本語訳は、和田勇一・福田昇八訳、『妖精の女王』（ちくま文庫）に依る。

るのでなく、多数のエピソードによって紡ぎ出される物語は、〈単一の視点〉とは対極にある〈豊饒の原理〉に支配されているのです。スペンサーは、当初の執筆目的について、「王になる前のアーサーに、アリストテレスの一二の私徳を完備した立派な騎士の姿を描き出し」、また「特に、アーサーには、他のすべての徳を完全にし、その中にすべての徳を含む寛仁の徳を割り当て」、「一二の他の徳については、物語の筋に一層の変化を与えるために、その守護者として一二人の騎士たちを作り出し」、「事件の真只中に飛び込み、最後の一二巻目から物語を始める」と明確に述べています。それぞれの徳を表象する騎士たちは、妖精の女王グロリアナ（エリザベス女王の表象）の宮廷から冒険へと出立し、波瀾万丈の遍歴を重ねた末に無事使命を遂行して、再び女王の許へ帰還することになるのです。この作品の構造は、いわば〈枠物語〉と称してよく、女王の宮廷は、作品のあらゆる意味で一番奥の不可侵の中心に鎮座し、騎士たちが繰り広げる様々な物語がその中心に隣接しそれを囲繞《いにょう》します。遍歴の騎士たちを導くアリアドネの糸は常にグロリアナであり、彼らは現世のあらゆる悪徳が渦を巻く迷路・迷宮的世界をその救いの糸を頼りにくぐり抜けて行くのです。

その一方で、シドニーのアルカディアの地理的空間は、いわば、マニエリスム的・バロック的と考えられます。アルカディアは、山国ということで他国から厳しく守られていて、その中央に位置する何処かの森の中に、バシリオス大公は家族と限られた数の家来たちと一緒に隠棲しているのだから、奥深く守りは固いという点では、グロリアナの宮廷と共通しており、その意味では〈閉ざされた空間〉であるように見えます。しかし、その場所は、たとえ王の厳命によって禁制の場所に指定されていようとも、その気になれば、二人の王子たちがそれぞれ羊飼とアマゾン女戦士に変装して、容易く侵入するように、また下層民から成る暴徒たちが悪者クリニアスに扇動されて、何の障害もなく王の隠居所へ雪崩《なだれ》のごとく押し寄せるように、外部世界から簡単に侵入出来る、非常に脆い空間なのです。アルカディアは、真の意味で堅固なルネサンス空間ではなく、完全に閉じられた円環は崩れ去ろうとしているのでした。また、作品構造を考えると、一見完結しているように見える『オールド・アーケイディア』は、作品結末の作者＝語り手の弁明の言葉に裏書きされているように、書き直されることを前提にして、書き直されることへの期待の地平を孕んでいるし、一方『ニュー・アーケイディア』は文字通り未完成であるから、まさにこの意味で、両作品とも〈開かれた形式〉であることを示唆しています。作品の語りの空間もまた、歪んでいるのです。

従来、これら二人の詩人たちは、均整・調和・豊麗・豊饒を特色とするラファエロの絵画に明らかなような、盛期ルネサンスと呼ばれる時代の申し子のごとく扱われて来ました。ところが、それは鏡の表面に映じたいわば公的な姿であって、鏡の裏を覗いて見れば、二人の別個の像が浮かび上がって来るのではないか。アイルランドという当時の辺境に否応なく住み、その土地の豪族の反抗で何度も辛酸をなめながら、絶えず中央であるロンドンを、その中心にあるエリザベス女王治下の宮廷を希求し続けて、飽く事なく女王賛歌を歌い綴ったスペンサーは、無秩序から秩序を志向し、安定した中心を求める求心的作品を書きました。一方、政治と文化の中心にいながら、あるいは、いるはずであるのに、女王から疎まれて宮廷から遠ざからざるを得なかったシドニーは、例えば、ドレイクと行動を共にして、新大陸開拓の彼の意図に見られるように、絶えず中央から外の周縁へと遠心的拡散的に向かい、その心的結果として、不安定な内部が異質な外部の侵入の危機に晒される作品を残したのでした。イギリス・ルネサンス期の二大詩人の代表作の距離は、「求心」と「拡散」という、相反する二つのベクトルに求められると評して過言ではありません。

三二歳に満たない若さで、オランダ戦線で戦死したシドニーの人生は、周囲の者たちの期待に沿えない儚《はかな》いものではありました。しかし、エリザベス女王と権力の中枢にいた廷臣たちには、それを利用する企みがあったのです。シドニーは宮廷政治の狭間にあって、高貴な家柄に生まれたがゆえに大きな期待を背負わされ、そのことを自覚しながらも自らの持って生まれた資質のため、そして宮廷政治においては、老練の政治家たちによって、何らかの国事に携わる権力を与えられず、単に宮廷の装飾的花形として、いわば飼い殺しにされて、政治家・宮廷人・外交官・軍人として日の当たる表向きの世界では、結局、周囲の期待に背く結果となりました。

シドニーが学んだシュローズベリの文法学校では、聡明な校長トマス・アシュトンの先導により、宗教と古典とが重要視され、作家であり政治家であること、そして〈行動の人生〉と〈観想の人生〉とを組み合わせ、国家にとって有用の人物になることが力説されました。宮廷から遠ざけられ、政治家としての〈行動の人生〉をまっとう出来ないという苦悶の中で、妹メアリのウィルトン屋敷で〈観想の人生〉を送りながらも、文学という虚構の中に、理想とする〈行動の人生〉を作り出そうとしたシドニーは、目の前の直視したくない現実から離れて、虚構の詩文の中に、自らの理想とする世界を構築することを目指したのです。

シドニーは、自らの政治家としての経歴が失敗に終わったと考えていたようです。高い、高すぎる目標を掲げて、職務を果そうと野心を燃やしたが、それを達成できませんでした。ただ、皮肉なことに、彼の戦死だけが彼が常に抱き続けた国家にとって有用でありたいという有為の志を果すのに一役買うことになりました。シドニーの葬儀は、その費用の大半は岳父ウォルシンガムが立て替えたのですが、国葬として国家的統一と国家的企図を明確に表す壮大な見世物に変貌したからです。その成果は、ある意味で、翌年のスペイン無敵艦隊撃破という国の命運を左右する国家的事件となって、間接的には結実することになりました。

シドニーはエリザベスが支配するロンドンの宮廷という中心から、妹メアリの田舎屋敷が位置するロンドンからずっと西のウィルトンへと移動し、政治という現実から虚構作品という仮想世界へ移動して、脱宮廷を実行し、〈瞑想の人生〉を送りながら独創的な作品を産み出し、その中で〈行動の人生〉を描出したのです。そして、彼の代表作『アーケイディア』の舞台は、当時のヨーロッパの主要な国々からみれば、ギリシア、小アジア諸国という周縁地域に当たります。女王の不興を買い、政治的要職には就かせてもらえず、いわば干された生活を強いられたことは、国家にとって有用なる者を目指したシドニーにとって憤懣やる方なかったでしょう。そして、そのような鬱屈した状況のなか、シドニーは妹ペンブルック伯令夫人のウィルトン屋敷で悶々として、当初の直線的語り物の散文ロマンス『オールド・アーケイディア』を、散文で書かれてはいますが、主筋の装飾的意匠として多数の歌が織り込まれ、複雑な構成を備えた、ホメロスやウェルギリウスの壮大な叙事詩に匹敵すると言って過言ではない、英雄叙事詩『ニュー・アーケイディア』へと書き直していたのでした。

それに加えて、現代の文学でしばしば話題となる「語り」という観点からも、『ニュー・アーケイディア』は画期的な語りの技法を構築した作品だと言えます。この作品で構築された「同心円構造の語りの技法」と「多元構造の語りの技法」は、近現代小説のナラティヴの原型であり、それを先取りしていると言えます。バフチン流に言えば「多声的小説」とも言えるこの作品では、複数の語りが集まって大きな枠組みの物語を形成していき、事情が次第に明確になっていく。一方で、近現代小説の場合には、小さな語りが集まっても、所詮、それらはばらばらな破片にしか過ぎず、明晰な全体像を結ばないことが意図される。このように、語りの技法という観点からしても、『ニューアーケイディア』は極めて意識的に技巧を凝らしたもので、それは遠く現代にまで通底しているのです。

シドニーの姪レディ・メアリ・ロウスは、先駆的な女性詩人として、家父長制が跋扈《ばっこ》する社会における女性という周縁的な立場から、一四世紀イタリアの詩人ペトラルカの流れを汲む伝統的な詩を書く男性詩人たちの立場を引っ繰り返し、独自の女性的な視点からの観察に基づいて、裏返し的な作品を書きました。女性によって英語で書かれた最初のソネット連作詩集『パンフィリアからアンフィランサスへ』(*Pamphilia to Amphilanthus*)*4 において、メアリ・ロウスは、ペトラルカ的恋愛の主題・歌い方を転覆させ、シドニーの『アストロフィルとステラ』との類似にもかかわらず、叔父とは決定的に異質の音色を奏でる物語を紡ぎ出しました。そして、代表作『モンゴメリ伯令夫人のユレイニア』(*The Countesse of Montgomery's Urania*) では、当時のロマンスの慣例に倣って、純な心、若々しさ、高邁な理想、高潔な道徳、大きな期待に満ちた時代を基盤として主題を展開させるのでなく、幻滅、沈滞、憂鬱、敗北、悔恨、悲嘆の渦巻く時代を探求しようとするロウスは、「辛辣な風刺の詩神」に詩的狂熱を授けられ、ひび割れ、裏切られ、嫉妬に狂った愛を描出しようとします。ロウスの語りの戦略は、女性の視点から性差、社会、文化の相互関係を再・提示して、従来の文学的慣習にメスを入れ、これを改変することにあったと思われます。

このようにして、シドニーが寄って立つ根拠として案出した〈周縁〉という立場は、女性として否応なく社会の周縁に立たざるを得なかった姪のメアリ・ロウスによって、シドニーを初めとする伝統的な男性詩人たちの書き直しという形で実現されることになったのです。

こういう視角から、新しいシドニー像を照射することが出来るのではないかと思われます。

＊4　本作品に関しては、本書第三章を参照のこと。

サー・フィリップ・シドニーの肖像画

レディ・メアリ・ロウスの肖像画

シドニーの葬儀行列

参考文献

Evans, Maurice ed. *Sir Philip Sidney: The Countess of Pembroke's Arcadia.* Penguin Books, 1977.

Duncan-Jones, Katherine & Jan Van Dorsten eds. *Miscellaneous Prose of Sir Philip Sidney.* Oxford: Clarendon Press, 1973.

Ringler, William A. ed. *The Poems of Sir Philip Sidney.* Oxford: Clarendon Press, 1962.

Robertson, Jean ed. *The Countess of Pembroke's Arcadia* (*The Old Arcadia*). Oxford: Clarendon Press. 1973.

Skretkowicz, Victor ed. *The Countess of Pembroke's Arcadia* (*The New Arcadia*) . Oxford: Clarendon Press, 1987.

Roberts, Josephine A. ed. *The Poems of Lady Mary Wroth.* Louisiana State Univ. Press, 1983.

——ed. *The First Part of The Countess of Montgomery's Urania.* New York: Medieval & Renaissance Texts and Studies, 1995.

——ed. *The Second Part of The Countess of Montgomery's Urania.* New York: Medieval & Renaissance Texts and Studies, 1999.

楠　明子『メアリ・シドニー・ロウス——シェイクスピアに挑んだ女性』、みすず書房、二〇一一年。

村里好俊訳解『ニュー・アーケイディア』第一巻、大阪教育図書、一九八九年。

村里好俊訳解『ニュー・アーケイディア』第二巻、大阪教育図書。一九九七年。

村里好俊・大塚定徳訳『シドニーの詩と詩論と牧歌劇』、大阪教育図書、二〇一七年。

村里好俊・大塚定徳訳『イギリス・ルネサンス恋愛詩集』、大阪教育図書、二〇〇六年。

村里好俊・大塚定徳訳『新訳シェイクスピア詩集』、大阪教育図書、二〇一一年。

村里好俊・杉本美穂訳『オールド・アーケイディア』、大阪教育図書、近刊予定。

Hamilton, A. C. *Sir Philip Sidney: A Study of His Life and Works*. Cambridge Univ. Press, 1977.【村里好俊・大塚定徳訳『エリザベス朝宮廷文人　サー・フィリップ・シドニー』、大阪教育図書、一九九八年。】

村里好俊・太田一昭・古屋靖二訳『二歩進んだシェイクスピア講義』、大阪教育図書、二〇〇四年。

村里好俊「シドニーとスペンサー――『アーケイディア』と『妖精の女王』との距離」、福田昇八・川西進編、『詩人の王　スペンサー』、九州大学出版会、一九九七年、四四一―四六五頁。

村里好俊「『アーケイディア』の語りの構造」、押谷善一郎編『ひろがりと深み』、大阪教育図書、一九九八年、二二一―二三七頁。

村里好俊「スペンサーとシドニーのエレジー――〈悲嘆〉から〈慰謝〉へ」、日本スペンサー協会編『詩人の詩人　スペンサー』、九州大学出版会、二〇〇六年、二六一―二七八頁。

村里好俊「父権制社会における女性の戦い――レディ・メアリ・ロウス論」、一七世紀英文学会編『一七世紀英文学と戦争』、金星堂、二〇〇六年、二九―五二頁。

村里好俊「E・M・フォースターで読むシドニーの『アーケイディア』」、筒井均・玉井暲編著、『E・M・フォースターの世界』、英宝社、二〇一一年。八五―一二〇頁。

第三章　英語恋愛詩の系譜

（一）恋愛詩の軌跡――イギリス・ルネサンス期を中心に

はじめに

「恋愛、それは一二世紀の発明。」これは歴史家シャルル・セニュボス（一八五四―一九四二年）の有名な言葉です。ギリシア・ローマ時代の人々にとっての「男女関係」は、〈夫婦愛〉と遊女を対象にした〈売春〉の二種類しかありませんでした。〈恋の諸相〉、〈恋愛の生態〉を歌うことにかけては名手とされたブブリウス・オウィディウス・ナソ（前四三―紀元一七または一八年）が書いた恋愛指南書『アルス・アマトリア』が目指していたのは、愛、恋愛というよりはむしろ、〈色恋〉の道を伝授する教訓詩だったのです。一四世紀イタリアの詩人ペトラルカが、この作品を書いたためオウィディウスが流罪になって当然の「狂った作品」と評したのは、古代ローマ以来、革新の一二世紀を経て、中世から近代初期にかけて、西洋の恋愛観が一変したことを物語っています。現に、一九世紀フランスの大詩人シャルル・ボードレールは、オウィディウスを評して、ひたすら肉体的官能的愛を歌った詩人、愛の精神性を知らぬ詩人として断罪しているのです。[*1]

一二世紀南仏で生まれた新しい〈精美の愛〉を声高に歌ったのは、トゥルバドゥールと呼ばれる叙情詩人たちでした。愛の喜び、愛による人格の向上、〈愛の宗教〉を唱え、女性崇拝の歌を書きました。女性を至福の源とし、憧憬と崇拝の念を抱いて、意中の既婚の貴婦人に奉仕する喜びを歌う彼らの〈至純の愛〉は、パリを中心とする北フランスの叙情詩人たちに受け継がれていっそう倫理的に規範化されただけでなく、南下してイタリアへ向かい、グイド・カバルカンティーを始めとする『清新体』（Dolce Stil Nuovo）の詩人たちを通って、一三世紀後半のダンテ、一四世紀のペトラルカやボッカチオに大きな影響を与えました。

宮廷司祭アンドレアス・カペルラヌス『宮廷風恋愛の技術』[*2]で規定された「恋愛の

＊1　オウィディウス、沓掛良彦訳『恋愛指南――アルス・アマトリア』、岩波書店、二〇〇八年、「解説」。

三一ヶ条」によって、君主に臣下が奉仕するように、淑女に恋する男（騎士）が奉仕するという〈騎士道的恋愛の構図〉がここに成立しました。

この〈騎士道的恋愛の構図〉を基盤にして、愛する女性にひたすら愛を捧げ、それを様々な詩的技法を凝らして歌った詩人が、イタリアのダンテとペトラルカです。ダンテ（一二六五―一三二一年）にとって永遠の女性であるベアトリーチェは、若きダンテの内面派の抒情詩集『新生』（一二九二年）[*3]に生き生きと、美しくもまた優しく歌われていきます。『新生』に書き加えられた自注の詞書《ことばがき》に依ると、彼女とほとんど年齢が同じダンテは、九歳で彼女を見染め、一八歳の時に再会して恋心に燃えたといいます。しかし、ベアトリーチェはシモーネ・デ・パルディに嫁して、一二九〇年に二五歳の若さで身罷《みまか》りました。ダンテにとっては、現実には、永遠に手の届かない女性になってしまったのです。しかしダンテは、決して手に入らない女性に対する思慕の念を恋愛詩に歌い、『神曲』では、ダンテが尊敬する古代ローマの詩人ウェリギリウスに導かれて「地獄」、「煉獄」を経廻《へめぐ》ったのち、彼に代わって、永遠の存在であるベアトリーチェが天国でのダンテの道案内をするのです。

フランチェスコ・ペトラルカ（一三〇四―七四年）の代表作『カンツォニエーレ』全

三六六歌（内、ソネットは三一七篇）は、ダンテにとってのベアトリーチェのように、彼にとっての永遠の女性であるラウラに捧げられた抒情恋愛詩集です。ペトラルカがラウラと出会ったのは、一三二七年四月六日、アヴィニョンにある聖女キアーラ（クレール）教会においてでした。彼女は、他の男性に嫁いだようですが、それから二一年の歳月を経た、一三四八年五月、イタリアのパルマに滞在していたペトラルカは、友人からの知らせで、ラウラが当時大流行していたペストに罹って落命したとの知らせを受けます。この訃報を受けた後に彼が書きとめたメモから、ラウラの死の衝撃が彼にとっていかに大きかったかを読み取ることができます。

そして、重要なのは、ダンテのベアトリーチェへの恋愛詩も、ペトラルカのラウラへの恋愛詩も、あの世へと旅立ってしまい、現世では二度と再び相まみえることのない女性に

＊2　アンドレアス・カペルラヌス、野島秀勝訳『宮廷風恋愛の技術』、法政大学出版局、一九九〇年。
＊3　ダンテ、山川丙三郎訳、『新生』、岩波文庫、岩波書店、（一九四八）：二〇〇八年。

対して、切々と恋心を歌っていることです。こうして、中世後期から近代初期にかけて文化の先進国イタリアに現われた二大詩人の手になる恋愛詩、とりわけ、後者が書いた詩集の影響力の大きさゆえに、〈決して叶えられない愛〉こそが、その後の西洋恋愛詩の基本を形成することになるのです。

例えば、二〇世紀の小説家・随筆家のサマセット・モーム（『作家の手記』）もこれに類したことを次のように言っています。

恋愛においてはほどほどの付き合いをするべきである。永遠に愛することが出来る人はいない。愛を満足させるのに障害があれば、愛はより強く長く続く。もし愛する者が、不在や近づき難さや、彼が愛する女性の気紛れや冷淡さによって、愛の享楽が妨げられる場合、彼は、いずれ自分の願望が満たされるとき、その喜びは強烈なものになるだろうと考えて、わずかに自分を慰め得るのだ。愛とはそのようなものなのだが、しかし、もしそのような邪魔立てが一つもないならば、慎重さを考慮することに意を用いなくなってしまう。そして、その結果、飽きるという罰を受けることになる。一番長続きする愛は、決して報われることのない愛なのである。

さて、イングランドの王、ヘンリー八世に仕えた廷臣で、外交官として早くからフランスやイタリアに渡航する機会に恵まれたトマス・ワイアット（一五〇三―四二）は、大陸のルネサンス文化・文芸に親しみ、ペトラルカを英語に翻訳していち早くその詩風をイングランドに伝えたシドニー以前の詩人です。『カンツォニエーレ』の半ばにある詩（一八九番）*4とワイアットによるその英語訳の日本語訳とを並べてみましょう。

わが帆船は　忘却を積み通りゆく
荒れる波のなか　冬の夜更けの
シッラとカリブディの海峡あたり
舵取る船頭はわが主　いなわが宿敵にして
ひとかき漕ぐごと　瞬時に横切る

＊4　引用は池田廉訳、『ペトラルカ　カンツォニエーレ』、名古屋大学出版会、一九九二年、三〇四頁を借用した。

不吉な想い　嵐も終末も嘲笑《あざわら》うかに
溜息と希望と憧れの嵐が　湿って
引き裂く帆　永久に吹きやまずに
涙の雨と侮蔑の霧が　濡らしては
はたまた撓《たわ》める　疲れた帆綱
無知と迷いで　綯《な》った帆綱か。
こうしていつもの甘い目標が
隠れ去り　理性も技術も
波間に消えて　港を目指すを諦めかける。
（『恋愛抒情詩集』一八九番）
忘却という積荷を積んだ私のガレー船は
冬の真夜中　荒海にもまれながら
岩と岩との間を進む。舵をとるのは私の敵
実は私の主君　その舵さばきの惨酷なことよ。
櫂という櫂はみな　かかる場合は死をも軽しと

いかなる危険をも冒そうとする一途な心
切ない溜息　信じながらの不安が起こす嵐は
たちまち帆を引き裂いていく。
涙の雨、暗い侮蔑の暗雲が
過誤と無知を縒《よ》って作った
疲労した索具に　大きな損害を与えた。
私を苦しみに導いた星は隠れてしまい
私を支えるべき理性も海に溺れてしまい
目指す港に着ける当てなど　今はない。

"My galley charged with forgetfulness"*5

ペトラルカの原詩とワイアットの訳詩を比較しますと、原詩のいくつかの言葉が訳詩では省略されていますが、それらは詩の性格を根本的に変化させるものではないようです。

＊5　訳文は、大塚定徳・村里好俊訳『イギリス・ルネサンス恋愛詩集』、大阪教育図書、二〇〇六年から。

ワイアットの訳詩には、ペトラルカの原詩にない「暗澹」、「不吉」、「秘密」等の含意を持つ"dark"「暗い」という形容詞が見られます。原詩の三行目の具体的な名称を単純に「岩と岩の間を進む」と変えたのは音節数の都合でしょうが、ホメロス以来の伝統を背負う重たい言葉を意図的に避けたとも考えられます。ワイアットには、その豊富な学識にもかかわらず、重たい外来の言葉よりは、軽い土着の言葉を愛する傾向がみられるからです。原詩の「濡らしては／はたまた撓《わた》める」、を「大きな損害を与えた」としたのは、実感のこもった具体性がすっかり消えているし、原詩の擬人化の技法も訳詩にはありませんが、訳詩の「信じながらの不安」という"oxymoron"（撞着語法）は、後にエリザベス朝の詩人たちが好んで利用する詩的技法であり、この点でワイアットは時代に先んじていたといえます。しかし、翻って考えてみれば、「撞着語法」はペトラルカの詩作態度それ自体の特徴でもあります。語彙的レベルでは、例えば、ペトラルカ的詩語「冷たい炎」がその典型ですし、何よりも死んでしまって永遠に手の届かない女性に純愛を捧げること自体が言語矛盾であり、まさしく「撞着語法」的態度です。ワイアットは、この訳詩の中で原詩にはない言葉を用いることで、このペトラルカ特有の心的態度を写し取っているのです。

こうしてイングランドにペトラルカが移入されると、ワイアットとサリー（Earl of

Surrey, Henry Howard, 1517–47）の衣鉢《いはつ》を継ぐ一六世紀後半の詩人たちは挙《こぞ》って、ペトラルカ風の恋愛ソネット詩集を陸続と書き始めました。そして多種多様な詩的技巧の変奏は見られますが、「絶対に叶えられない愛」を切々と歌い続けるという点では、得恋で終わるスペンサーの『アモレッティ』を例外として、すべての詩人たちの詩集が一致しているのです。少なくとも、全く毛色の違ったシェイクスピアの『ソネット集』が現われるまでは。イングランドで一五九〇年代の連作ソネット詩集大流行の先鞭《せんべん》を付けたシドニーの『アストロフィルとステラ』は、一目惚れの伝統を破り、また、恋人の目を黒い瞳に描いていますし、それに加えて、後に論じるように、純愛ではなく、情熱に結局身を委ねようとする詩人・語り手の欲望が前面に顔を出しますが、その他の点では、人妻への叶わぬ恋という、ペトラルカの伝統の下で様々な変奏を加えながら書かれています。

様々な変奏が加えられていくうちに、あまりに詩的表現に凝り過ぎて、エリザベス女王を恋人に見立てて歌うというような、詩の中に遊び的な、持って廻った技巧的要素が頻出するようになります。擬似恋愛詩的様相を呈するようになっていくのです。恋愛詩集を書いた詩人たちの愛の対象である女性自身が、ドレイトンの『イデア』の場合のように、生身の女性から反転して、女性の美の化身としての「イデア」に変貌するまでになっていきます。この趣向こそ、まさに、「決して手の届かない女性像」の典型と言えるでしょう。

一例を挙げれば、『ロミオとジュリエット』の若き主人公ロミオは、舞台に登場して間もなく、片思いの女性への愛を「撞着語法《オクシモロン》」を多用して友人ベンヴォリオに次のように訴えます。

Why then, O brawling love! O loving hate!
O anything, of nothing first create!
O heavy lightness! Serious vanity!
Mis-shapen chaos of well-seeming forms!
Feather of lead, bright smoke, cold fire, sick health!
Still-waking sleep, that is not what it is!
This love feel I, that feel no love in this. (*Romeo and Juliet*. I. 1. 176–183)[*6]

ああ、諍いながらの愛、愛するゆえの憎しみ。
そもそも無から生まれた有。

重々しい軽さ、生真面目な戯れ。
外観は美しく整っているが形の崩れた混沌。
鉛の羽毛、輝く煙、冷たい炎、病める健康。
常に目覚めた眠り、真実の眠りではない眠り。
微塵も恋心わかぬこの僕が、恋をしているとは。

ロミオが感じているこの愛は、実際には舞台に一度も現われないロザリンドという名のみの女性に、つまり「実在しない」女性に対する愛であり、その種の愛が右の台詞に見られるように、「撞着語法」を多用して表現されているのです。ロミオはやがて実在する生身の女性ジュリエットに本当の命がけの恋をすることになりますが、ロザリンドへの一方的な恋心は独りよがりで、思い込みの激しい偽りのそれであります。当時の宮廷詩人たちの詩文には、先ほど述べましたように、エリザベス女王を恋人に見立てて、恋心を捧

＊6　Brian Gibbons ed., *Romeo and Juliet*. "The 2nd Arden Shakespeare". 1980.

げるという趣向の「遊戯としての恋」とか、実在しない架空の女性を想定しての、このような擬似的技巧的修辞的な愛の表現が頻出していたのを、シェイクスピアが一般民衆という現実的な目を持つ観客の前で、舞台の上でなぞって見せているのかもしれません。[*7]

I　シドニーの詩と詩論

『詩の擁護あるいは弁護』*The Defence of Poesie, or An Apology for Poetrie*（1595）[*8]においてシドニーが言うには、

最も崇高な美は自然のなかにこそ宿り、芸術は自然の付属品の領域を出ないものである。創造的能力を備えた芸術家は、自然を変貌させることよりもむしろ、自然をそのまま映しとって、彼の芸術作品に定着させることに努力すべきなのである。・・・人類に与えられた芸術はすべて、自然が作り上げたものをその主たる対象としており、芸術は、自然の作品なくしては成立しえず、また、深くそれに依存しており、自然が開陳しようとしていることの、いわば、演技者、演奏者になっている。・・・

芸術家の中でも、ただひとり詩人だけは、そのようないかなる隷属的立場にも縛り付けられることを嫌って、彼自身の創意の力によって高揚し、結局はもうひとつの自然と化し、事物を自然が生み出すよりも一層見事に造り、あるいは、自然にはかつて存在しなかったような姿形を全く新たに造りだすのである。・・・そうして詩人は、自然と手に手を取って歩き、自然の贈り物という狭い範囲に限定されることな

＊7　因みに、優れた脚本に基づく有名な映画 *Shakespeare in Love*（『恋に落ちたシェイクスピア』）で、ヴァイオラ扮するトマスに向って、ウィルがヴァイオラ姫への思いの丈を、お決まりの oxymoron を使って打ち明けようとするが、トマス＝ヴァイオラはそのような技巧的な愛の表現を茶化して、本当の気持ちを表現して欲しいと望む場面がある。本書第四章を参照のこと。

＊8　原文は Albert Feuillerat ed., *The Prose Works of Sir Philip Sidney* III (Cambridge Univ. Press, 1968)。この他、Forrest G. Robinson ed., *An Apology for Poetry*. New York: The Bobbs-Merrill Company, 1970; Katherine Duncan-Jones & Jan Van Dorsten eds., *Miscellaneous Prose of Sir Philip Sidney*. Oxford: At the Clarendon Press, 1973; Geoffrey Shepherd ed., revised & expanded by R. W. Maslen. *An Apology for Poetry or The Defence of Poesy*. Manchester Univ. Press, 2002 を参照した。訳文については、大塚定徳・村里好俊訳『シドニーの詩集・詩論・牧歌劇』、大阪教育図書、二〇一六年、三二一―二頁参照。

く、彼自身の知性の十二宮の中を思う存分駆け回る。自然は、色々な詩人たちが織りなしたほどに壮麗なつづれ織りにして、この大地を装ったことはないし、その織物を彩る、それほどにも楽しい川も、実り豊かな樹木も、甘い香りの花々も、その他、この余りにも愛され慈《いつく》しまれている大地を益々愛すべく美しいものにする何にせよ、現実の自然の中には存在しない。彼女、自然の世界は青銅、詩人たちだけが黄金の世界を産み出すのである。

シドニーに拠れば、芸術家の中で詩人はより恵まれた独自な特権を享受していることになります。詩人は、その特別な才能のおかげで、彼の回りの世界を出来るだけ精確に模そうとする試みだけに縛られなくともよい。神は詩人を自然の女神の上位に置かれ、それゆえに、「神の息吹の力」“the force of a divine breath”で鼓舞されて、詩人は、現実世界を超えた自然を創造することができるからです。

「詩は・・・何かの再現、模造、あるいは描出であり、比喩的に言うと、教え且つ楽しませるという目的を持った〈物言う絵〉なのである」(三三三頁)、「詩人は、専ら、模倣するためにのみ創作し、楽しませ且つ教えるために模倣し、人々の心を動かして、楽しみがなければ、見知らない他人から逃げだすみたいに、人々がそこから逃げだしてしまう善を手中に捉えさせるために楽しませ、人々が心を動かされて至る、その善を人々に認識させるために教える。・・・その楽しく教えるという手段によって、美徳、悪徳、その他諸々の秀でた画像を模造することが、詩人を識別する正当な目印なのである。」（三三五―六頁）

詩は、その甘美さによって人々の心を捕捉し、美徳の理想的な絵姿を示して、読む人々の心をそれに向かって動かす力を持っている。詩には人を感動させる力と理想的なものを現実に描きだす力とがあって、この二つの力を同時に踏まえて、詩は「教え且つ楽しませる」とシドニーは強調するのです。また、最良の詩人は、「彼が見たこともないルクレティアを描くのでなくて、そのような美徳の外面の美を描く卓越した画家」に似ている、と述べているところから判断して、シドニーの〈絵〉は、ただ外面的自然の生彩ある描写を行う言葉の技巧といったものを指しているだけでなく、読者の心に喚起されるひとつの抽象物、ひとつの概念を意味していることがわかります。つまり、〈物言う絵〉とは、現実の人物、自然と、倫理的含蓄を持った抽象物の詩的融合の謂いに他ならないわけです。シドニーは、多くの恋愛詩の技巧と気取りと不自然さについて、次のように不平を言います。

しかし、実は、抗《あらが》い難い恋という旗印の下にやってくるそういう書き物の多くは、もし私が恋される女性であれば、その作者たちが真実恋をしていると私に納得させることなど決してできない類のものである。彼らは情熱的な言葉を、実に冷やかに使う。そういう熱情を本当に肌身に感じているというよりはむしろ、どこかの恋人たちが書いたものを読み、いくつかの大げさな文句を拾い集めてきて…それらを適当に繋ぎ合わせて用いる人のようだ。本当の熱情は、私に言わすれば、あの〈迫真力〉"forcibleness"ギリシア語の〈エネルギア〉"Energia"によって、容易に現われ出るものである。（三三七頁）

つまり、〈迫真力〉は、詩人の、彼の主題との関わり方の強さと読者を感動、得心させせるだけの力を備えた詩的言語の発見という二つの事から生まれるわけです。

『アストロフィルとステラ』を書いている時に、個々のソネットに盛り込まれた内容自体は、たとえどんな虚構のごた混ぜで成立しているにせよ、シドニーが、いたく恋に陥っている一人の男の印象を、読者の心に焼き付けようと意図していたことは疑問の余地がありません。例えば、六番で、多くの恋愛詩人たちがその詩を飾るために援用する様々な技巧——矛盾語法、神話への言及、牧歌的意匠、感情の擬人化など——に触れた後、それと対照的に自分の素朴な手法の真実性を表明して、詩人はこう結んでいます。

I can speake what I feele, and feele as much as they,
But thinke that all the Map of my State I display,
When trembling voice brings forth that I do Stella love.

私は感じることを言葉で語れるし、彼らと同じほど感じもする。
だが、震える言葉でステラに愛を誓う時、
私の領土の全版図《はんと》を隈なく披露しているように思うのだ。

彼は真実恋を経験しているので、彼の真心のこもった、衒《てら》いを知らぬ自然な言葉が、いかなる技巧的粉飾を凝らさなくても、彼の気持ちを伝えてくれるのです。その情熱が浅薄な人たちだけが、彼らの愛の訴えをもっともらしく、説得力があるように見せるために、言葉の虚飾に頼らざるを得ないのです。

二八番で、詩人は、自分のソネットの中では、心的状態を表わすのに、持って廻った比喩で飾りたてた寓意的表現の使用を拒否し、最後の三行で、彼の描くものは彼の情熱の偽らざる、率直な吐露であると申し立てています。

But know that I in pure simplicitie,
Breathe out the flames which burne within my heart,
Love onely reading unto me this art.

しかし、私が純粋に素直な気持ちで、
この胸に燃える炎を吐露していると思って欲しい。
愛だけが私にこの術を教えてくれるのだ。

ちょうどシェイクスピアが、彼の競争者である詩人たちのけばけばしい不自然な修辞的表現に対抗して、「真実の平明な言葉」'true plain words'（『ソネット集』八二番、一二行）で愛する友人の美を讃えたように、シドニーも「純粋で素朴な言葉」で詩を書き、口にのぼす、と述べているのです。

さらに言えば、シェイクスピアの「私の思い人の眼は鴉のように真っ黒だ」'my mistress' eyes are raven black'（一二七番、九行）と同様に、シドニーの「生きながらの死、喜ばしき痛手、晴天の嵐、そして凍てつく炎」'living deaths, deare wounds, faire storms and freesing fires'（『アストロフィルとステラ』六番四行）というような表現は、多分に反伝統的、反ペトラルカ的ヴィジョンの直接的、間接的表明であることは言うまでもありません。両詩人とも、伝統的な誇張表現やペトラルカ的讃辞が、彼らの誠実な心の響きを伝えるには不適切であると思っているのです。ケニス・ミュアという英文学者が、「重要なのは、シドニーが、多くのエリザベス朝ソネット作者たちと異なり、彼の愛の真実性を詩の

＊9　Kenneth Muir, *Sir Philip Sidney* (Longmans Green & Co., 1967), p. 28.

技法によって読者に確信させることである」[9]と評するのも、これまで私たちが確認したことと、別のことではないでしょう。

次に、シドニー的詩作の方法を語った一番を分析してみましょう。このソネットは、アストロフィル（星を恋うる者）という名の若い詩人で廷臣・騎士の、ステラ（星）という人妻ながら美貌の貴婦人への愛、それゆえの葛藤、苦悶、別離を内容とする連作集全体の序詞の役割を担っていますが、この詩の目的は、ステラを彼のあらゆる詩的創造の根源として讃えること、且つ恋愛詩の正当な書き方について短い論評を加えることです。

Loving in truth, and faine in verse my love to show,
That the deare She might take pleasure of my paine :
Pleasure might cause her reade, reading might make her know,
Knowledge might pitie winne, and pitie grace obtaine,
I sought fit words to paint the blackest face of woe,
Studying inventions fine, her wits to entertaine :
Oft turning others' leaves, to see if thence would flow

Some fresh and fruitfull showers upon my sunne-burn’d braine.
But words came halting forth, wanting Invention’s stay,
Invention, Nature’s child, fled step-dame Studie’s blowes,
And others’ feete still seem’d but strangers in my way.
Thus great with child to speake, and helplesse in my throwes,
Biting my trewand pen, beating my selfe for spite,
‘Foole,’ said my Muse to me, ‘looke in thy heart and write.’

真心から愛し、詩の中でその愛を示そうと願い、
愛しいあの人が私の苦しみから喜びを得、
喜びがあの人に詩を読ませ、読むことでわかってもらい、
わかってもらうことで憐れみを勝ちとり、憐れみが好意を得るように、
私は苦痛の最も暗い顔を化粧するために適当な言葉を探した。
あの人の知性を喜ばせようと見事な題材を考え巡らし、
何か瑞々しい実のある春雨が私の恋の炎に枯渇した頭脳を

洗い清めてくれまいかと思い、詩集のページを捲《めく》ってみたりもした。
だが、詩的霊感の支えがなくて、言葉は片足を引きずって口の端《は》にのぼった。
自然の子、創意は、継母、学問の打撃《ちょうちゃく》から逃れ去り、
詩人たちの足音は私の道ではいつもよそよそしく響いた。
こうして語らんとして腹ふくれ、産みの苦しみに気も失せ、
怠け者のペンをかみ、悔しさにわが身をたたいていると、
私の詩神は言った、「愚かな人、あなたの心の中を見て、お書きなさい」と。

（大塚・村里訳）

このソネットで、アストロフィルは三人称でステラを語り、*10 過去形を用いて、彼女の好意を獲得すべく、詩の効用に言及しています。また、ステラへの讃歌を彼が書くに至った事情と、なぜこのような形式の詩を作るのかという理由を説明してもいます。愛の深い痛手を負い、ステラの好意を雄弁な愛の表現で勝ちとろうと願いながら、彼は、自分の力強く横溢する感情を、同じように力のこもった言葉へ還元しようと望みながらも、一瞬のとまどいを感じているのです。オクテーブ（八行）は一文から成り、その主語 'I' は五行目

まで現われず、また、その動きは、強い語調の現在分詞（Loving, Studying, turning）と精妙な修辞的漸層法（climax）[*11]に支えられています。これらの行の滑らかさは'invention fine'

＊10　連作中、ステラに直接呼びかける最初のソネットは三〇番である。

＊11　この修辞法の典型的一例は『スペインの悲劇』（Thomas Kyd, *The Spanish Tragedy*（1587 ?）ed. Philip Edwards, pp. 33–34）の中のバルサザーのセリフに見られる。

　First in his hand he brandished a *sword*,
And *with that sword* he fiercely waged *war*,
And *in that war* he gave me dangerous *wounds*,
And *by those wounds* he forced me to *yield*,
And *by my yielding* I became his slave.
Now in his mouth he carries *pleasing words*,
Which pleasing words do harbour *sweet conceits*,
Which sweet conceits are lim'd with *sly deceits*,
Which sly deceits smooth *Bel-imperia's ears*,
And through her ears dive down into *her heart*,
And in her heart set him where I should stand.（II. i. 119–129）（イタリックは引用者）

（まずあの男は、手に剣をひらめかせた。／それからその剣で、はげしく戦いをしかけた。／それからその戦いで、私にひどい傷を負わせた。／それからその傷のおかげで、私はやむなくあの男に降服した。／それからその降服のせいで、私はあの男の奴隷になってしまった。／いまあの男は耳にこころよい言葉を吐き散らし、／そのこころよい言葉には殺し文句がいっぱいで、／その殺し文句には悪だくみがしかけてあり、／その悪だくみはベル＝インペリアの耳をまどわせ、／そしてその耳から心へともぐりこみ、／その心の中で、私が占めるはずの地位を、あの男が奪ってしまうのだ。――村上淑郎訳）

の世界と粉飾された恋愛詩の洗練された歓喜を特徴づけて余りあります。しかしながら、セステット（後半の六行）は、五―八行の詩人の努力を否定し、九―一一行でひとつの葛藤、挫折を用意しています。そして最後の三行で瞠目すべきクライマックスが提示されるのです。結局、この詩の全ての葛藤は、心に刻まれたステラの像《すがた》の発見と結びついた力あふれる感情の迸《ほとばし》りによって駆逐されてしまうのです。心、すなわち、内なる自然は、曖昧で空虚な情熱の住む場所ではなくて、『シドニー詩集』の編者リングラーも指摘しているように、「あらゆる能力の玉座」[*12]であり、そこから全ての真実な気持ちが湧出《ゆうしゅつ》するのであって、そこを見ることによって誠実な詩が書けるのです。ロビンソンの言葉を借りれば、心は「ステラの像がその眼に映ずるところの一種のスクリーン」[*13]なのです。内的現実、心の有るがままの姿が、そこに思いをいたす詩人に、真の恋愛詩を書かせるのです。ある批評家は、「アストロフィルが心の中を覗いてそこに何を発見するのか説明する伝統的考え方がいくつかある。ひとつには、心は愛神の伝統的住処《すみか》であるということだが、この場合、適わしいのは、ルネサンス詩において、心の持つ利点は、それが詩人の愛人の像を映しているということだ」[*14]と評しています。ここにはまた、心の中のステラ像が彼の創作力の源泉であるとアストロフィルの注意を喚起することで、ひとつの秩序を保たせようとする作者の計らいが働いています。シドニーにとって、詩作の第一段階は主題の選択であり、右の詩で問題とされているのは、主題を書物の中に探すか、自分の心の中に求めるかであり、結局、詩作の源泉、ステラ像の納まる後者を選んだからです。

Ⅱ　マーロウの『ヒアロウとリアンダー』について

マーロウの『ヒアロウとリアンダー』[*15]は、ギリシア伝説で名高い二人の恋人を題材にしています。美女ヒアロウはセストスの町にあるヴィーナスを祀る神社に仕える巫女ですが、祭礼の日にセストスの対岸にあるアビュドスの町の美しい若者リアンダーの目にとまり、

＊12　Ringler, p. 459.
＊13　Forrest G. Robinson, *The Shape of Things Known* (Cambridge, Mass.: Harvard Univ Press, 1972), p. 173.
＊14　David Kalstone, *Sidney's Poetry* (Cambridge, Mass.: Harvard Univ. Press, 1967), p. 126.
＊15　訳文は、大塚定徳・村里好俊訳『イギリス・ルネサンス恋愛詩集』、大阪教育図書、二〇〇六年から。

二人は互いに愛し合うようになります。リアンダーはヒアロウと密会するために、夜、彼女が彼女の住む塔からかざす灯火を頼りに、ヘレスポント（ダーダネルス海峡）の海を泳いで渡って行きました。ある嵐の夜、ヒアロウがかざす灯火が消えたために、リアンダーは溺死してしまいます。そして海岸に打ち上げられた彼の死体を見て、ヒアロウ自身もまた絶望の余り身を投げて命を絶つという物語なのです。

この物語は、オウィディウスの『女人鑑』（*Heroides*）やムサイオスの『ヘーローとレアンドロス』に書き留められ、マーロウの作品はそれらを典拠にしていると考えられています。ただ、マーロウのこの詩篇は未完で、取り扱っているのは物語の途中までです。それは、ヴィーナス神社の祭礼の日に、二人が出遭い、恋に落ち、いったん別れるが、その夜リアンダーがヒアロウの後を追って彼女の住む塔を訪れ、一夜を共にして愛の誓約を交わして分かれる。次の日、ヒアロウ恋しさの余り、リアンダーは裸になって海峡を泳いでわたり、彼女の塔にたどり着き、寝室にしのびこんで愛の契りを行うが、やがて暁の光が差してくる、というところまでなのです。本詩は、八一八行で終わっています。【因みに、それ以後はチャプマン（George Chapman, 1559?–1634?）が引き継いで「第三の歌」以下「第六の歌」まで計一五〇〇行余りを書き加えて完成し、一五九八年に出版されていま

す。】

ところで、オヴィディウス風ロマンスで重要なことは、そのストーリー性ではないようです。『ヒアロウとリアンダー』の筋の運びはしばしば遅らされます。それは、その間、詩人が華麗な文体や奇抜な着想で、長々と描写の喜びに耽っているからです。読者もその描写に息をのむ想いで惹き付けられ、しばしば物語の進行を忘れるほどです。例えば、冒頭において、美しいヒアロウが通るとき、その息の香しさに蜜蜂たちがそこにありもせぬ蜜を求めた（二一―二三行）とか、美青年リアンダーについては、月の女神のシンシアが彼の両腕が自分の軌道であればと願った（五九行）などの、両人の美しさについて奇想を交えながらの華麗な描写が八〇行余りも続いています。

このような身体的美しさの描写をさらに精彩あらしめているのは、神話の世界の神々が地上の世界に呼び出され、利用されていることです。祭礼の日にはセストスの町は、集まった美女たちで照り輝き、今一人のフェイアトンが太陽神の豪華な馬車を操《あやつ》り近づいたかのように思われた（九九―一〇一行）と歌われ、また、ヒアロウの美貌については、玲瓏たる月の女神が潮の満ち引きを支配する力も、ヒアロウの麗姿が見る人を惹き付ける力には及ばなかった（一〇六―一一一行）などと賞賛されています。

しかし、このような神話の世界への言及は、単に地上の人物の美しさを称揚するための比喩に留まりません。神々が直接主人公たちの言動に介入することすらあります。例えば、リアンダーの長い委曲を尽くした巧妙な口説きに屈したヒアロウが、ついに「私の塔にお越しください」と口を滑らしたのち、すぐにそのはしたなさを反省し、ヴィーナスの方に両手を差し上げ、再び無垢の純潔を誓います。そのとき、キューピッドがその翼で彼女の祈りを叩き落とし、彼女の誓いの言葉を虚空の彼方に放り投げ、彼女の誓いを無効にするのです（三六八行）。また、リアンダーが次の日ヒアロウ逢いたさに海に飛びこみ泳ぎ始めると、海神ネプチューンが彼を天から逃げてきた主神ゼウスの酌取りの美少年ギャニミードと勘違いして、欲情を昂ぶらせて襲いかかり、彼を海の底に引きずり込む。しかし、間違いに気づくと、リアンダーを海面にもちあげ三叉の矛で荒波を打ち静め、自分は水の中からリアンダーの美しい胸や太股や四肢を覗き見たりします（一五五―一八九行）。これらの神々の物語への参加・介入によって、この詩篇が極めて興味深いロマンスに仕上げられているといえましょう。

このような手法は、当然主人公たちの言動を異化し、処々で放たれる皮肉や冷笑の口調と相俟って、物語を喜劇的なものとしています。その範囲において、読者は多大の興味をもってマーロウの語りを追いつづけることになります。しかし、やがて悲劇に終わる主人公たちの運命を描くためには、詩人はいずれその語り口を変えざるをえないはずです。偶然にも、その曲がり角において、詩人の死によって作品は未完で残されました。最後に記された"Desunt nonnulla"という言葉は「何かが欠けている、歌の数節が足りない」という意味で、マーロウ自身がそのような違った語り口の必要を感じていたことを示すものかもしれません。結果として、そのより悲劇的な口調を必要とする後半部は、それを書くにふさわしい詩人、チャプマンが引き受けることになりました。その事情について、「主題がより重々しい声を要求し始める、ちょうどその時に、より重々しい声が引き継ぐ[*16]」と評したC・S・ルイスの言葉は、けだし至言といえましょう。

本詩で歌われた最高の名言として、他のルネサンス詩にも合言葉的に頻出する一行を紹介しておきましょう。

＊16　C. S. Lewis, "Hero and Leander", *Selected Literary Essays* (Cambridge Univ. Press, 1969), p.62.

Who ever loved, that loved not at first sight?　（一七六行）
今まで恋をした者で、一目惚れでなかった例《ためし》があろうか。

これは非常に有名な一行として、独り立ちして用いられるようになりました。例えば、シェイクスピア作『お気に召すまま』（三幕五場八一―八二行）には、男装したロザリンドを一目で愛したフィービーが言う台詞「死んだ羊飼さん、やっと分かったわ、あんたの言葉が、〈今まで恋をした者で、一目惚れでなかった例があろうか〉ってことが」があります。しかし、あまりに人口に膾炙したこの一行に反撥する詩人たちもいました。例えば、スペンサーは「美への賛歌」（二〇九―二一〇行）で、「愛というものは、一目見てすぐに燃え上がるような、それほど軽々しいものではない」と歌っていますし、シドニーもまた、『アストロフィルとステラ』二番で、「私の生きる限り血を流し続けるであろう傷を、愛神が私に負わせたのは、最初の一目によるのではなく、出鱈目な弓の一矢によるのでもない。自ら認めたその価値が、時間の坑道を通って侵攻を計り、次第に私の心を捉え、ついに完全な征服を遂げたのだ」と打ち明けています。このようにスペンサーとシドニーは、己の詩集の独自性を主張すべく、ダンテ、ペトラルカ以来の一目惚れの伝統に異を唱えたのでした。

Ⅲ　シェイクスピア『ソネット集』について

少し流行遅れで出版されたシェイクスピアの『ソネット集』（一六〇九年）[*17]は、他の恋

＊17　『ソネット集』については、Katherine Duncan-Jones ed., *Shakespeare's Sonnets*. "The Arden 3rd Shakespeare" London: Thomas Nelson and Sons Ltd., 1997を定本とした。この他、W. G. Ingram & Theodore Redpath eds. *Shakespeare's Sonnets* (Univ. of London Press, 1964); John Kerrigan ed., *The Sonnets and A Lover's Complaint*. Penguin Books, 1986; Blakemore Evans ed., *The Sonnets*. "The New Cambridge Shakespeare". Cambridge Univ. Press, 1996; Helen Vendler ed., *The Arts of Shakespeare's Sonnets*. Harvard Univ. Press, 1997; Colin Burrow ed., *William Shakespeare: The Complete Sonnets and Poems*. "Oxford World's Classics". Oxford Univ. Press, 2002を適宜参照した。日本語訳は、大塚・村里訳、『新訳シェイクスピア全詩集』大阪教育図書、近刊に拠る。『ソネット集』が実際に書かれたのは、少なくともその一部は、ソネット連作が流行した一五九〇年代後半だったらしい。執筆と出版の経緯について、また詩人が愛する貴公子、そして「黒髪婦人」がだれなのかについては種々議論があるが、通説では、サウサンプトン伯爵であり、対抗馬はペンブルック伯爵である。これらに関しては、Duncan-Jones, "Introduction", pp. 29以下に詳しい。

愛ソネット連作詩集とは全く毛色の違った作品に仕上げられています。登場人物で語り手の詩人は、美貌の貴公子に向かって、そして後半では「黒髪夫人」（"dark lady"）に対して、それぞれ異なる愛を歌い上げています。例えば、二〇番では、愛する貴公子を「自然が自らの手で描き上げた女の顔を持つ／わが情熱の支配者よ」と、「男女」に準《なぞら》えて歌います。貴公子は女として造り始められたが、その過程で製作者である自然の女神が恋に落ちてしまい、「余計な物」、男の詩人にとっては「ゼロでしかない無益な一物をくっ付けて／きみをわたしから奪い取った。／女神は女の楽しみのためにきみを男に選んだのだから、／きみの愛情はわたしのもの、きみの愛の営みが女の宝だ」と、この詩集の大きな特徴となる「性的な事柄」に言及します。このように、『ソネット集』の最大の特徴は、詩人と貴公子と「黒髪婦人」とのドロドロとした三角関係を生々しく歌っていることにあります。だが、散々辛酸を舐めさせられた詩人は「真実の愛とはどういうものか」を、次のように一見して高らかに歌います。

Let me not to the marriage of true minds
Admit impediments; love is not love

Which alters when it alteration finds,
Or bends with the remover to remove.
O no, it is an ever-fixed mark,
That looks on tempests and is never shaken;
It is the star to every wand'ring bark,
Whose worth's unknown, although his height be taken.
Love's not Time's fool, though rosy lips and cheeks
Within his bending sickle's compass come;
Love alters not with his brief hours and weeks,
But bears it out even to the edge of doom.
　If this be error and upon me proved,
　I never writ, nor no man ever loved.（116）

真心と真心同士の結婚に、異議申し立てなど認めてはならない。事情の変化に応じて

自分も変わり、相手が心を移せば、
自分も心を移す、そのような愛は愛ではない。
そうだ、愛は、荒れ狂う嵐が襲っても、
決して揺るがない確固不動の航路標識。
それはまた、さ迷う小船を導く北極星、
その高さを測ることはできても、価値は測りしれない。
愛は「時」の道化ではない、たとえバラ色の唇や頬が
「時」が振るう曲がり鎌の届くところに入ろうとも。
愛は、刻々の日時の推移とともに変わるものでなく、
最後の審判の日まで持続するのだ。
　もしこれが誤りであり、それがぼくにおいて立証されるなら、
　ぼくは何も書かなかったも同じ。この世に愛した男などいない。

このソネットは、語り手である詩人の本心を堂々と表現しているように見えるかも知れませんが、しかし、ここでは綺麗事ばかりを並べ立て、「理想の愛のあり方」をあまりに

一面的に歌い過ぎています。「愛の理想」を理念的・観念的に歌い上げるのは、ペトラルカ以来の愛の伝統であり、この場合には、その伝統に掉さして、シェイクスピアは自分にもその手の歌も歌えるとひけらかしているのかもしれません。この一一六番のソネットは、この『ソネット集』の中で、そして順番としてこの箇所に置かれるには、歌の内容的に浮き上がっているように思われるからです。恋愛詩の伝統に与《くみ》したいという一心で、身も蓋もなく歌われた詩ではないでしょうか。

　他方では、肉欲の本質を臆面もなく歌い上げている詩もあります。

Th'expense of spirit in a waste of shame
Is lust in action; and till action, lust
Is perjured, murd'rous, bloody, full of blame,
Savage, extreme, rude, cruel, not to trust;
Enjoyed no sooner but despised straight;
Past reason hunted, and no sooner had,
Past reason hated as a swallowed bait,

On purpose laid to make the taker mad;
Mad in pursuit, and in possession so,
Had, having, and in quest to have, extreme;
A bliss in proof, and proved, a very woe;
Before, a joy proposed; behind, a dream.
All this the world well knows, yet none knows well
To shun the heaven that leads men to this hell. （129）

恥ずべき濫費によって、精力を費やすこと、
それが情欲の実行である。実行以前も、情欲は
欺瞞的で、殺人的で、血なまぐさく、悪意に満ち、
野蛮で、極端で、暴力的で、惨酷で、信頼できない。
享楽するやいなや、直ぐに蔑まれ、
常軌を逸して求められ、手に入れるやいなや、
常軌を逸して憎悪される。人を狂わせるために

故意に仕掛けた餌を飲み込んだときのように。
追い求めるときも狂気、手に入れたときも狂気、
行為の後も、最中も、求めるときも、極端である。
経験中は至福だが、終えると、まさに悲哀そのもの。
実行の前は、予期された喜び。事後は、一場の夢。
世の人々はこのことをよく知っている。だが、誰も
この地獄に導く天国を避けるすべを知らない。

詩的エネルギーが充満したこの詩は、「黒髪夫人」に対する己の、あるいは、もっと一般的に、男の女に対する自らの意志ではどうにもならない激しい肉欲への呪詛を歌っていて、綺麗事を並べた他の宮廷詩人たちの求愛の歌には、たとえ欲望を前面に押し出そうとしたシドニーのソネット集にでさえ、これほど凄まじい迫力に満ちたセクシュアルな内容は、決して見られないものです。しかし、この歌には愛の裏面への詩人の鋭い洞察力が明確に描かれていて、情欲に身を任せれば、どういうことになるのか分かっていながら、どうにもならない男の状況が活写されていることは間違いありません。

また、次の詩は、ペトラルカ以来連綿として多用されて来た伝統的〝blazon〟の詩的技法をからかって、しかし、詩人の本当の気持ちを明らかにしたものです。

My mistress' eyes are nothing like the sun;
Coral is far more red than her lips' red;
If snow be white, why then her breasts are dun;
If hairs be wires, black wires grow on her head;
I have seen roses damasked, red and white,
But no such roses see I in her cheeks;
And in some perfumes is there more delight
Than in the breath that from my mistress reeks.
I love to hear her speak, yet well I know
That music hath a far more pleasing sound;
I grant I never saw a goddess go;
My mistress when she walks treads on the ground.

And yet, by heaven, I think my love as rare
As any she belied with false compare. (130)

ぼくの恋人の眼は、少しも太陽のようではない。
珊瑚のほうが、彼女の唇よりもはるかに赤い。
雪が白いとすれば、彼女の胸はまあ浅黒いと言おうか。
髪が針金であるなら、彼女の頭には黒い針金が生えている。
赤と白とのダマスク色の薔薇を見たことがあるが、
彼女の顔にはそんな薔薇は見当たらない。
また、香水によっては、ぼくの恋人から
漏れ出る息よりも、もっと喜びを与える香りがある。
彼女が話すのを聞くのは好きだが、
音楽のほうが、はるかに快い音をもつのは知れたこと。
ぼくは女神が歩くのを見たことはないが、
ぼくの恋人は、歩くとき、地面の上を踏んで歩く。

だがそれでも、神かけて、ぼくは思う、ぼくの恋人は
偽りの比喩で描かれたどんな女よりもすばらしいと。

この歌に先んじて、同趣旨の歌をシドニーは、アルカディア国のパメラ姫のお守役を務めるモプサ嬢をからかう戯れ歌[*18]として『ニュー・アーケイディア』の本体に挿入し、伝統的ブレイズンの技法を逆手に取り、「反対賛歌」を次のように歌っています。


いかなる長さの韻律をもってすれば、麗しきモプサ嬢の徳を表わすことができようか。

モプサ嬢の徳は奇妙奇天烈《きてれつ》、その美しさには想像の翼も馳け昇れぬ。

かくも厳しき重荷を負わされて、我が歌神、歌う務めから逃れられまい。

神々の御加護を！　さすれば、貴重なるモノに譬えて彼女の姿を形容できるに相違ない。

偉大なる神サテュルヌスのごとく純白、麗しのウェヌスのごとく貞節
牧神パーンのごとく滑らかなる肌、ジューノのごとく温厚、虹の女神イーリスのごとく不動。

キューピッドと共に予知し、鍛冶の神ヴァルカンの歩きっぷり。

そして、これら全ての贈物を試食する為に、モモスの御上品さを借用する。

彼女の額はジャシンス、頬はオパール色。
煌《きら》めく眼はパールで飾られ、唇はサファイアのように薄青い。
髪はカエル石のようで、その口は、Oの形に、大空のように大きく開く。
彼女の肌は磨いた金のようで、その手は原石の銀のよう。
見えないあそこは隠しておくのが一番だ。
とくと信じ込み、決して残りの部分を詮索せぬ者に、幸あれ。

この歌の中でモプサに付与された神々の属性は、実際とは正反対のもので、そこを読み取るのが肝要です。つまり、サテュルヌスは鉛みたいな土色で、老齢のため腰が曲がっている。美と愛の女神ウェヌスは淫乱で売笑婦の保護者、パーン神は毛むくじゃら、ジューノは権高で口喧《やかま》しい。虹イーリスは変化しやすく、キューピッドは盲目か目隠しをされていて、ヴァルカンは足が不自由で、モモスは神々の中にあって下卑た道化者というのが、本

＊18　村里好俊訳解、『ニュー・アーケイディア』第一巻、大阪教育図書、一九八九年、一〇一頁を参照。

来の属性なのです。因みに、「ジャシンス」は赤みがかったオレンジ色、「パール」は眼の水晶体の上のくすんだ混濁色、「カエル石」は蛙の頭に出来ると信じられ、中央に緑の眼を持つ白色、あるいは、褐色から黒色の宝石で、金の腕輪などに嵌め込まれたりしました。「原石の銀」は黒色で斑《まだら》に銀の斑点があり、ざらざらした手触りなのです。

また、主人公の一人であるピュロクレス王子はアマゾン女戦士ゼルメインに女装して、山中の川で水浴びをして遊ぶ愛しいフィロクレア姫の裸体の眩しいほどの美しさを、髪の毛から始めて姫の肉体の前面を下へと徐々に下り、爪先まで行くと今度は、踝《くるぶし》から背面を上へと昇って、一つ一つの体の部分を美しい物に喩える「ブレイズン」の技法を駆使し、非常にきめ細かく、一五〇行にも及ぶほど長々しく賛美する歌を書いています。*19

シェイクスピアもまた、技巧的修辞的に決まり切った賛辞を捧げて、贋物の言葉で愛する女性の美の品々を褒め称えるよりは、正直な言葉で女性のありのままの姿を実直に描いています。そして、飾らない姿の生身の女をありのまま愛するというのです。たとえその女が他の男性と同衾を重ね、詩人を裏切ることがあろうとも、詩人は愛さずにはおられないのであります。そのように、理性ではどうにもならない、切羽詰った愛こそ、シェイクスピアにとっては、真の愛の姿と思われたのでしょう。

このように、『ソネット集』はその大半が若いパトロンに捧げられ、彼への結婚の勧めから始まり、彼と詩人との関係、世間的の評価、時の破壊力、詩による永遠化、ライバル詩人の存在その他を話題にして歌われますが、連作最後の三〇篇足らずのソネットでは、「黒髪夫人」と「若いパトロン」と語り手の詩人との三角関係を巡って、どろどろした性的なテーマが扱われ、「生」「死」「性」の三角形の観点から〈肉欲の深遠な意味〉が探られます。実は、この詩集こそ、真の意味で愛の本質を真摯に問おうとしていると言って過言ではありません。

Ⅳ　メアリ・ロウス――父権制社会における戦う女性

シドニーの姪のメアリ・ロウスが伯父の『アストロフィルとステラ』(*Astrophil and Stella*, 1591. 以下『アストロフィル』)を強烈に意識して書いた『パンフィリアからア

＊19　本書二〇一―二一七頁を参照。村里好俊訳解『ニュー・アーケイディア』第二巻、大阪教育図書、一九九七年、一二六―一三二頁も併せて参照のこと。

ンフィランサスへ』（*Pamphilia to Amphilanthus*, 1621 以下『パンフィリア』）は、全部で一〇三篇のソネットとソングから成る連作詩集で、彼女の代表作の散文ロマンス『ユレイニア』の一部として一六二一年に出版されました。『パンフィリア』に収められた各詩は早くも一六一三年には草稿の形で回覧されていたらしいですが、『ユレイニア』と合本の形で出版するに際して、配列・編集し直されたと思われます。この詩集はパンフィリアから恋人のアンフィランサスに宛てて作られたことになっていて、当の二人は『ユレイニア』の登場人物でもあります。長大なロマンスの付録的作品として、この詩集は慎ましい存在ではありますが、虚構の登場人物であると同時に、実在のメアリ・ロウスと従兄のウィリアム・ハーバートを表象する恋人たちの、進行中の恋愛の言説を生々しく形成しているようにも読みとれるのです。パンフィリア／ロウスに代表される貞節の主題は、アンフィランサス／ハーバートに代表される男の恋人の気まぐれな不実と対照されるからです。

しかしながら、作品における私的な要素は直接的な恋愛関係の反映の域を出て、ペトラルカ的シドニー的詩の伝統[*20]を書き直す所まで行き着くことになります。一六一三年にソネット連作集を書こうという試みはやや旧弊《きゅうへい》を免れませんでしたが、メアリ・ロウスは劇的な言語、もしくはジョン・ダン的な言語を駆使し、恋する男／恋を拒絶する女というペトラルカ以来のソネットの伝統的様式を逆転させた恋愛詩を書きました。Gary Waller は、メアリ・ロウスが男性ソネット作者の描く家父長制的世界に果敢に異議を申し立て、エリザベス朝期の「くすんだ」(drab) 詩からジェームズ朝期の機知に富む形而上詩への転換を促したと力説しています。ソネット連作集における性差逆転というメアリ・ロウスの革

＊20　ペトラルカ風ソネットとは、基本的には、既婚女性に対する口説きと、そのための賛美やそれが受け入れられない嘆きの歌である。『アストロフィル』の「心から愛し、それを詩に歌って示したい、愛しいあの方に私の愛を分かってほしいゆえに」と切り出される冒頭のソネットは、それを明確に表している。詩人がこの作品を書くのは、究極的には、女性の「好意」「愛」を獲得するためである。同様のことは、他の詩人たちの作品にも見られる。スペンサーの『アモレッティ』第一番の締めくくりは「紙葉よ、詩行よ、韻律よ、彼女のみを喜ばせることを求めよ／彼女を喜ばせれば、他の人はどうでもよい」であり、ダニエル『ディーリア』の冒頭ソネットは、「あなたの美しさという果てしない大海に、熱情の流れを集めた、この哀れな河は流れ込む。私からあなたへの敬意の貢ぎ物を捧げる、この詩の中で、私の愛、青春、嘆きが表し示す貢ぎ物を」で始まり、「美しい乙女よ、これを読んでくださいい、わずかな想いしか書けていないけれど。自らの愛を全部差し出せる者は、浅くしか愛していないから」という対句で締めくくられ、詩人の意図が彼女に詩を読ませることにあるとされる。

新的方式をこのように評価する批評家は後を絶ちませんが、重要な点は、ペトラルカからシドニーを経由してダンに至るまでの男性詩人の父権主義的言説を作り直すことにメアリ・ロウスが非常に巧みであること、また各々の詩作品において、性差に基づく男女間の役割と期待を逆転させ、近代初期イングランドにおける恋愛の解釈に根本的に新しい女性中心の考え方を持ち込んでいることです。

ロウスは、ソネットの形式についても意識的で、散文ロマンス作品『ユレイニア』に織り込まれたソネットを併せると、全部で二八種類の様々に異なる脚韻構造を操《あやつ》ります。中には、脚韻が一つのみのソネットさえあります。シドニーに倣って詩的技法の実験を大胆に試みたロウスは、一四篇のソネットの連環（クラウン）[P77–P90. "P" は *Pamphilia* の略]も工夫して編み出しました。それは各詩の最終行が次の詩の第一行として繰り返され、最後のソネットの最終行が最初のソネットの第一行「この奇妙な迷宮の中でどちらを向けばいいの」へ逆戻りし、こうして円環〈メアリ・ロウスの詩の場合は "labourinth"〈迷路・迷宮〉〉が閉じられ、ユレイニアの恋の苦悩が果てしなく続く閉塞的な循環運動であることを示唆するという形式になっています。この形式で初めて英語詩を書いたのはシドニーであり（『オールド・アーケイディア』牧歌七二番）、伯父の斬新な詩作の伝統がここでも活かされています。[*21]

ペトラルカ的恋愛詩の伝統の下で作られた詩では、恋する男が、一方で精神を啓発してくれる理想的愛を夢見るが、他方でその挫折の憂き目を見る。恋する男は、愛する女性がかき立てる欲望に燃え立ちながら、彼女の冷酷無情な近寄り難さゆえに絶望に凍りつくという、二律背反的内的葛藤に捉えられます。恋する男が絶えず理想とする女性を追いかけ、しかし自らを否定し、また従おうとしながら、しかし操ろうとするとき、逆説が支配的な修辞的技法となり、痛々しい自己矛盾がやがて詩を支配するようになるのです。

男性詩人たちの描く恋する男は、まるで呪物崇拝的に、愛する女性の美の品々やその他の資質を、いわゆる "blazon" の詩的技法を駆使し、詳しく描いて褒めたたえますが、実は彼の主たる関心は自分自身にあり、自らの恋の苦悶を縷々と描き出すのです。要するに、

＊21　W. A. Ringler ed., *The Poems of Sir Philip Sidney*. Oxford: Clarendon Press, 1962, 13–16. の他に、Samuel Daniel, *To Delia* 34番から37番もまた連環形式で書かれている。ダニエル、ドレイトン、メアリ・ロウスその他の詩人たちの日本語訳については、大塚定徳、村里好俊訳『イギリス・ルネサンス恋愛詩集』、大阪教育図書、二〇〇六年を参照のこと。

詩人と彼の詩が愛する女性の冷淡さや否認や不在を必要とするのは、自らの自己探求と自己創造を目的としてのことなのです。現に、男性詩人の詩においては、愛する女性からの受け答えはほとんど聞かれず、女性は〈従順〉〈寡黙〉〈貞節〉の三美徳を称揚する社会的文学的慣習によって抑圧され黙らされています。ペトラルカ的恋愛詩の特徴は、「求愛する詩人が女性を作り、その女性を通して自らを作り出す」[*22]こと、また、求愛する男である詩人の側のほとんど病的な内省、妄念、強迫観念、自己意識、精神的不安定が執拗に描かれていることだと言っても過言ではありません。

しかし、メアリ・ロウスは女性詩人として必然的に、長く西欧の詩歌を支配してきた圧倒的な文学的文化的男性的権威と抗《あらが》い、これを克服しなければなりません。そしてその最大の手段は、詩における男女の役割の逆転なのでした。『パンフィリア』では、求愛の語り手は女性であり、愛人の男性はものを言うことなく、彼の美の数々を誉め称える“blazon”的な詳しい記述はなく、ただ一つ、彼の眼に言及するソネット二番を除けば、直接に語りかけられることさえありません。詩群の中に何度となく顔を出す“will”という言葉に、“William Herbert”の残影が懸詞《かけことば》として僅かに見られるのみなのです。作品の叙述の焦点は、中世以来〈忍従・貞淑の鑑〉とされるグリゼルダよろしく貞節・誠実を演じ、愛する人の裏切りに直面して公的な場から私的空間へ自らを隠蔽《いんぺい》した、孤独で孤立した内気な女性の語り手と、彼女の妄執、不安、苦悶に合わされ、彼女の心的状況が歌われることになります。

連作集最初のソネットを検討してみましょう。

When nights black mantle could most darknes prove,
And sleepe deaths Image did my sencese hiere
From knowledge of my self, then thoughts did move
Swifter then those most swiftnes need require:
In sleepe, a Chariot drawne by wing'd desire
I sawe: wher sate bright Venus Queene of love,
And att her feete her sonne, still adding fire

＊22　Mary Villeponteaux, "Poetry's Birth: The Maternal Subtext of Mary *Wroth's Pamphilia to Amphilanthus*", Sigrid King ed., *Pilgrimage for Love*, Arizona Center for Medieval & Renaissance Studies, 1999, p. 167.

To burning hearts which she did hold above,
Butt one hart flaming more then all the rest
The goddess held, and putt itt to my brest,
Deare sonne, now shutt sayd she: thus must wee winn;
Hee her obay'd, and martir'd my poore hart,
I, waking hop'd as dreames itt would depart
Yett since: O mee: a lover I have binn[*23]

漆黒の夜の帳《とばり》が一番暗く
　死の模倣、眠りが私の感覚を捉えて
私が私でなくなるとき、想いは動く
どんなにすばやい想いよりはるかに早く。
眠りの中で私は見た、翼ある欲望に曳かれる花馬車を。
中には愛の女神、艶やかなヴィーナスが座り
女神の足元にはその息子、いよいよ炎を継ぎ足す

女神が高々と掲げた燃える心の臓に。
だがどの心臓にもましてメラメラと燃える一つの心臓を
女神は持ち上げ、それを私の胸にあてて、言うには
息子よ、射貫いて閉じておしまい、かく勝利を我らがものにせん、と。
息子は命に従い、私の哀れな心を恋の殉教者とした。
目覚めた私は願った、夢のようにそれが離れてくれればと。
だがそれ以来、ああ、私は恋する女となったのだ。

どの連作ソネット集においても、冒頭に掲げられた詩は、連作集全体の方向づけをする重要な役割を持ちます。この第一歌でも、主人公で語り手の女性がいかにして「恋する者」になったのかが語られています。語り手が「漆黒の夜」の暗闇の中で見る夢の模様を

＊23　*Pamphilia to Amphilanthus* からの引用はすべて、Josephine A. Roberts ed., *The Poems of Lady Mary Wroth*, Louisiana State UP, 1983. に拠る。訳文は、大塚・村里訳『イギリス・ルネサンス恋愛詩集』を参照。

描いたこの詩には、ダンテ作『新生（*Vita Nuova*）』の模倣が見られます。ダンテは幻影の中で、彼の主人である愛神が詩人の燃える心（臓）を畏れ多い女性であるベアトリーチェに捧げているのを見ます。この詩でも、これと同工異曲の内容が歌われますが、違う点は、ヴィーナスが夢見る女性詩人の燃える心（臓）を、あたかも凱旋式で捕虜たちが見物客の目によく見えるように一段高いところに置かれるように高く掲げて、彼女の胸の中に閉じ込めるようにと、キューピッドに命じているところです。『ユレイニア』の題扉の絵には、燃える心臓を掲げたヴィーナスが描かれています。人に恋心を起こさせるためにキューピッドが金の鏃《やじり》の矢で人の胸を打つのはありふれた表現ですが、燃える心臓を射抜いてそれを女の胸に仕舞い込み恋する女とするという着想は、極めて鮮烈で凡手の良くするところではありません。メアリ・ロウスが作り出した女性の語り手は、自らの肉体への権利を主張し、自らの胸の中に自らの燃える心を収めようとすることで、伝統的な恋愛詩に対抗しているのです。命令するヴィーナスは語り手本人の中に存在するからです。

『アストロフィルとステラ』ソネット二番で、語り手は「私はステラに会って好きになり、好きになったが、愛したのではない／ステラを一目見て好きになったのでないし、愛神の出鱈目な弓の一矢によってでもない」と弁明し、「一目惚れでない恋は恋ではない」

とするマーロウ的ルネサンス的恋愛の警句を無視しますし、〈理性の世界〉と〈情欲の世界〉の微妙な均衡を歌うソネット五番で、黒い瞳の女性ステラを愛さずにはおれないと宣言するアストロフィルの愛の方向は地上であり、ステラの肉体であります。真実の美の影、ステラの「滅ぶべき」美貌に魅かれて、理性の判断には従わず、感覚の命令に服している彼は、プラトンの「愛の梯子」を登って徳へと引き上げられることを望みません。むしろ、愛の伝統をひっくり返して、徳の方こそ「真実の神を宿したステラの肉体」（四番）を崇拝するために降りてくるべきだと主張するのです。その点では理性、女性への誠実な崇拝、永遠の徳、抽象的理想美、魂の天上志向などを称える愛の倫理の伝統、ペトラルカ的伝統に反旗を翻してはいますが、大枠の趣向では伝統に則って書いているのでした。

しかるに、ロウスは、枠組みとしては、男性と女性の関係を逆転させた上でペトラルカ的形式を利用しているけれど、その内容・言説の中心には、詩人（女性）と恋人（男性）との関係ではなく、パンフィリアの「メラメラと燃える心」、つまり女性の中に生まれ出る愛そのものの探求を置いています。

従来の連作ソネット集の冒頭の詩がほとんど例外なく、男性詩人の、とある女性に対する（求）愛を歌っているのとは対照的に、この詩では、女性詩人が男性との関係には全く言及せず、自らの心のありように集中しています。連作ソネット集では、冒頭の詩から名前が出て来ることもあるし、「彼女」という形で現れることもありますが、恋人その人が存在するのに、『パンフィリア』にはそれがありません。メアリ・ロウスは、枠組みとしては、男性と女性の関係を逆転させた上で伝統的なペトラルカ的形式を利用しているようですが、その内容・言説の中心には、恋愛の当事者である詩人（女性）と恋人（男性）との関係ではなく、パンフィリアの「メラメラと燃える心」、つまり女性の中に生まれ出る愛そのものの探求を置いているのです。実際に、アンフィランサスという名前は、詩のタイトルのほかには一度も出て来ません。これ以後の詩の中で、パンフィリアは恋人アンフィランサスよりは、むしろキューピッドとの関係を中心にすえて、自らの愛の実相を明らかにしていきます。愛としてのキューピッドは人間の心の中に住み着いている存在ですから、パンフィリアの愛の探求は、自らの内面の探求にほかなりません。

〈連環ソネット〉“A Crown of sonnets dedicated to Love”と呼ばれる一四篇のソネット［P77–P90］では、愛の宮廷に君臨する成熟した大人のキューピッド像が描かれます。ここでは、ヴィーナスは情欲と、キューピッドは愛と同一視されています。パンフィリアはキューピッドの矢に射られて不平を述べる犠牲者としてよりはむしろ、「愛の宮廷」に君臨するキューピッドを崇める女性として描かれます。成熟したキューピッドに魅入られたパンフィリアの愛の状況は、「連環ソネット群」の最初のソネットの“Labourinth”〔迷路、迷宮、陣痛〕のイメージに凝縮されています。

In this strang labourinth how shall I turne?
Wayes are on all sids while the way I miss:
If to the right hand, ther, in love I burne;
Lett mee goe forward, therin danger is;
If to the left, suspition hinders bliss,
Lett mee turne back, shame cries I ought returne
Nor fainte though crosses with my fortunes kiss;
Stand still is harder, although sure to mourne;
Thus lett mee take the right, or left hand way;
Goe forward, or stand still, or back retire;
I must thes doubts indure with out allay

Or help, butt traveile find for my best hire;
Yett that which most my troubled sence doth move
Is to leave all, and take the thread of love.［P77］

この奇妙な迷宮の中でどちらを向けばいいの。
道は至る所にあって、わたしは道を見失っている。
右手に向けば、そこでわたしは愛に燃えている。
思い切って前に進めば、危険が潜む。
左を向けば、疑惑が至福の邪魔をする。
逃げ腰になると、恥辱が戻れとわめく。弱気になるな
こんがらかった迷路はわたしの境遇に接吻するが。
きっと嘆くことになるけれど、つっ立ったままはさらに難しい。
こうして右の道、左の道をとり
前に進み、立ちすくみ、後戻りしながら
情け容赦のないこれらの疑念に耐えても

せいぜいの報酬は労苦のみ。
だが、わたしの混乱した感覚で思いつくことは
すべての道を見限って、愛神の糸を辿ること。

ここで「迷宮」のイメージはいくつかのレベルで機能しています。[*24] アリアドネの糸を頼りに英雄テセウスがかろうじて通り抜ける迷宮。中世から近代初期にかけて女性の子宮は、迷宮のような多くの小部屋に分類されましたが、語り手は愛についての否定的な描写ゆえに子宮に緊急避難した後、子宮から新しい生を持ち出そうとしています。そして“labyrinth”を“labourinth”と綴ることで、「陣痛」「重労働」の意味をこの〈連環ソネット〉に付与し、結局は徒労に終わることを暗示しているのです。
出口の見えない愛の迷宮に閉じ込められて思い悩み、とるべき進路を決めかねているパンフィリアの姿は、男性詩人が作るソネットのなかの「ペトラルカ的ペルソナ」とは

＊24　Mary Villeponteaux, p. 172.

異なる主体の発現です。「ペトラルカ的ペルソナ」は自分の愛の報われない苦しみを歌いますが、それは、Marotti や Montrose が明らかにしたように、[*25] 純粋に個人的な愛ではなく、愛を歌うことで恋人の心を得て、出来れば情欲を満たすという、恋愛詩の持つ意味を計算し尽くした詩人が見せる、いわば戦略的な愛のポーズなのです。しかし、この詩に描かれる愛は、そのような思惑を切り捨てたところに生まれる、ひそやかに秘められた愛なのです。それは、語り手である女性詩人の胸の中のドラマとして内面化されている愛でありますます。パンフィリアは、この愛の迷路を「愛神の糸」を頼りに、その糸の行き着く先が出口に繋がることを信じて、進み続けます。成熟した愛神は「祝福の光を投げかける輝く星」であり、「誠実」、「真の徳」であり、愛神の目的は「喜悦」、愛神の炎は「悦楽」、愛神の縛り紐は「真の恋人たちの力」というように、愛は昇華され、純化されていきます。[P84] のソネットで歌われるように、「愛の中では限りない祝福が支配し号令を下し」、愛は「決して心変わりを知らない想いの中で燃え上がり」、「美徳からなる天の火に養われる」のです。

しかしながら、「疑惑」「疑念」がパンフィリアの愛の邪魔をします。彼女は嫉妬の苦しみに苛《さいな》まれることから逃れるために、アリアドネの糸のような正しい導きを求めようともがきます。愛神の「高める愛」としての新プラトン主義的な愛の教義は、彼女がこの迷宮から脱出するためのアリアドネの糸なのですが、結局、連環最後の［P90］に見られるように、彼女の愛は愛神の導きで清浄な高みに上ったように見えるけれど、宿敵である「疑惑」「嫉妬」が登場して、彼女を苦悶に陥れ、「破滅させて」(undoing) しまいます［"undoing"には、達成したものを元に戻す、台なしにする、逆戻りさせる、の意味もある］。そしてまた、最後の行は連環最初の一行に逆戻りしてしまい、彼女の悩みが果てしなく続く循環運動であることを示唆しているのです。

『パンフィリア』全体の縮図となるソネットは、恐らく、第一部の最後の詩［P55］であろうと思われます。

How like a fire doth love increase in mee,
　The longer that itt lasts, the stronger still,

＊25　See Arthur F. Marotti. "'Love is not love': Elizabethan Sonnet Sequences and the Social Order," *ELH* 49 (1982)；Louis Adrian Montrose. "The Elizabethan Subject and the Spenserian Text". in Patricia Parker and David Quint, eds. *Literary Theory / Renaissance Texts*. The Johns Hopkins Univ. Press, 1986.

The greater purer, brighter, and doth fill
Noe eye with wunder more, then hopes still bee
Bred in my brest, when fires of love are free
To use that part to theyr best pleasing will,
And now impossible itt is to kill
The heat soe great wher Love his strength doth see.
Mine eyes can scarce sustaine the flames my hart
Doth trust in them my passions to impart,
And languishingly strive to show my love;
My breath nott able is to breathe least part
Of that increasing fuell of my smart;
Yett love I will till I butt ashes prove.

Pamphilia.

炎のように、愛はわたしの中で燃え盛る
長く燃えれば燃えるほど、勢いを増し

より大きく、清らかに、輝かしく、これ以上の
驚異を人の眼に植え付けはしない。愛の炎が
思うがままにわたしの胸を自在に操るとき、
希望は常にわたしの胸に育まれる。
そしていまやそれほど強大な熱を冷ますのは
出来ない相談だ、愛神がその力を監視するところでは。
わたしの眼はその炎を支えられない、わたしの心は
炎を信頼して情熱を分け与え
思いやつれながらどうにか愛を示そうとする。
わたしの息は、わたしの傷を焚き付けて増え続ける
燃料のわずかな一部さえ吐き出せない。
それでもわたしは愛する、燃え殻となるまで。
パンフィリア

ソネット一番で、燃える心臓を胸に閉じ込められた、恋する女性の語り手は、愛の炎に燃

える心が燃え尽きて燃え殻になるまで愛し続けると、歌の最後に署名を入れて歌います。一四行目の"will"に"William"が読みとれるとすれば、ここには現実のロウスの恋愛が見え隠れしていることになります。そして『パンフィリア』という作品は「過去の出来事はおまえが人を愛することが出来ることを示してくれる。さあ、おまえの節操をおまえの淑徳たらしめるのだ、**パンフィリア**」。"...what's past showes you can love, / Now lett your constancy your honor prove, / Pamphilia."［P103. ll. 13–14］という二行で締めくくられますが、ここにもまた《**パンフィリア**》という名前が、あたかも自分自身に最後に呼びかけるような語りかけの対象として、一四行目をピリオドではなくコンマで切って、あたかも詩の中に現れています。

《**パンフィリア**》という署名まで入れたこれら二つの詩には、愛の虜となった自分の姿を、自分自身に、また広く他の人々に刻印していく存在、詩人であり恋する者であり、また何よりも女性である存在がいます。パンフィリアはアンフィランサスの数々の裏切りにもかかわらず、彼をひたすら愛し続けます。アンフィランサスから愛の見返りを期待することなく、自らが選んだ相手として忠実に愛することで、彼女は自己を形成していくのです。彼女の嘆きの声を聞いてくれる者はなく、彼女の詩を読んでくれる者とてなく、ちょうど詩作がアストロフィルの苦悩を和らげるように、パンフィリアを絶望から解放してはくれないけれど、パンフィリアは孤独のうちに詩を書き続けるのです。

ロウスの自己発見の旅は、詩作を通して女性詩人の「価値」（"worth"="Wroth"）を主張するという核心的な問題を巡ります。ここには、ルネサンス期イングランドの男性詩人たちが書いた連作ソネット集の、詩人であり恋する者である「ペトラルカ的ペルソナ」とは確実に異なる言説《ディスコース》を操る主体の誕生が見られます。従来の連作ソネット集で示される恋愛の対象としての女性を、恋愛の主体としての女性像へと転換しながら、恋愛世界を政治や権力の世界から切り離して歌うことを試みた女性詩人の姿が明白に見てとれるのです。

メアリ・ロウスの生き様と諸作品は、性差と性の政治学の歴史を検分するのに申し分のない材料を提供してくれます。彼女の経歴は、ジェイムズ朝初期、[*26] 社会全般に亙って男性

＊26　ジェイムズ一世は、一六〇三年、イングランドとスコットランドの統合を鼓吹する上院議会での演説の中で、「朕は夫であり、全島は朕の正式の妻である」と述べ、たびたび自らを国民の父になぞらえて、家父長権的政治支配の強化・定着を図ったとされる（Leonard Tennenhouse, *Power on Display: The Politics of Shakespeare's Genres*, New York: Methuen, 1986, p. 149.）。そこでは、絶対君主という名の、「荘重な資格を帯びた人物をとりまく、象徴や強大な特権をめぐる焦点化」としての政治という現象が展開しつつあったのである（山口昌男「政治の象徴人類学へ向けて」、『文化の詩学 二』、岩波書店、一九八三年、三頁）。

中心主義がますます普及・強化されつつあった圧倒的な父権制社会の枠組の中で精神形成期を過ごし、何らかの意味で主体的な媒介者の役割を担うことを決意した女性が直面することになる、限界と可能性の典型的な一例を提供しています。男性優位社会・文化の中で、彼女はある意味では犠牲者であるが、別の意味では、反逆的女性として、女のセクシュアリティを、女性に対して抑圧的な社会・文化のシステムを問い直す武器として活用し、存分に女性性を生きた数少ない女性の一人と言えなくはありません。文化人類学者の山口昌男の言に仮託すると、[*27] エントロピーの負荷を荷重された、父権制の秩序を惑乱する存在にして、排除の対象としての女性。にもかかわらず、いわば周縁性を充電した女性たちは、曖昧であるがゆえに多義性を孕み、社会の可能性を高める媒体になることがあると言えます。ジェイムズ朝演劇には、有徴性を帯びた女性、すなわち、結婚相手の選択に関して人種の境界を越え、父権制度と社会通念に挑戦するデズデモーナ、女王であるからこそなおさらローマの男性優位の社会秩序とジェンダー意識を脅かす、《他者》の典型としてのエジプト女王クレオパトラ、階級の境界を越える性的逸脱の行為を通して舞台を支配する、ジョン・ウェブスターのモルフィ侯爵夫人と白魔ヴィットリアなど、何人かの反体制的な女性が登場しますが、メアリ・ロウスは明らかに彼女たちと共通の精神風土に育っていたのではないかと想像されます。

V 〈中心〉から〈周縁〉へ

高貴な家柄の御曹司として国家に有用な行動の人としての将来を期待され、政治と文化の中心にいながら、あるいは、いるはずであるのに、女王から疎まれて宮廷から遠ざからざるを得なかったシドニーは、いわば、中心から辺境への行路を辿りました。シドニーは、例えば、フランシス・ドレイクと行動を共にして、新大陸開拓への彼の野心に見られるように、絶えず中央から外の周縁へと遠心的拡散的に向かったのでした。

メアリ・ロウスは、家父長制が跋扈《ばっこ》する社会における女性という周縁的な立場から、しかし、男性詩人たちの立場を引っ繰り返し、独自の女性的な視点からの観察に基づいて、裏返し的な作品を書きました。ロウスは、ペトラルカ的恋愛の主題・歌い方を転覆させ、

＊27　山口昌男、「スケープゴートの詩学へ」、前掲書、一〇一―一三五頁を参照。

シドニー作品との類似にもかかわらず、叔父とは決定的に異質の音色を奏でる物語を紡ぎ出したのです。当時のロマンスの慣例に倣って、純な心、若々しさ、高邁な理想、高潔な道徳、大きな期待に満ちた時代を基盤として主題を展開させるのでなく、幻滅、沈滞、憂鬱、敗北、悔恨、悲嘆の渦巻く時代を探求しようとするロウスは、「辛辣な風刺の詩神」に詩的狂熱を授けられ、ひび割れ、裏切られ、嫉妬に狂った愛を描出します。ロウスの語りの戦略は、女性の視点から性差、社会、文化の相互関係を再・提示して、従来の文学的慣習にメスを入れ、これを改変することにあったのでした。

このように、シドニーが寄って立つ根拠として案出した〈周縁〉という立場は、否応なく、女性として社会の周縁に立たざるを得なかった姪のメアリ・ロウスによって、シドニーを初めとする男性詩人たちの書き直しという形で実現されることになったのでした。

(二) ロマン派以降の恋愛詩

一八世紀後半から一九世紀前半にわたるロマン派の詩人たちが書いた恋愛詩には、二つの対極的な恋愛詩が存在すると思われます。数多くの恋愛詩がある中で、たった二種類に分別するのは、あまりに大雑把すぎるのではないかという批判もあるかも知れませんが、それを承知で、分かりやすい例を挙げて説明したいと思います。

まずは、イギリスロマン派を代表する大詩人ウィリアム・ワーズワスの一見素朴な詩を見てみましょう。

Lucy

by William Wordsworth

She dwelt among the untrodden ways
Beside the springs of Dove,
A Maid whom there were none to praise
And very few to love.

ルーシー

ウィリアム・ワーズワス
［一七七〇―一八五〇］作

人の通わぬ場所、ダヴの泉の
ほとりに　あの娘《こ》は住んでいた
あの娘を　褒める者とてなく
愛《め》でる者さえ稀だった。

A Violet by a mossy stone
　Half hidden from the eye!
—Fair, as a star when only one
　Is shining in the sky.

苔むす石の傍らで
　人目から隠れて咲く一本のスミレ、
——空にただ一つ輝く
　星のごとき美しさ。

She lived unknown, and few could know
　When Lucy ceased to be;
But she is in her grave, and, oh,
　The difference to me!

人に知られず暮らした彼女が
　いつ亡くなったのか知る人ぞまれ
今はもう墓の中、ああ、
　私とは何たる違いか!。

何と飾りのない純朴な詩でしょうか。「ルーシー」という名の乙女のことを歌った「ルーシー詩群」と呼ばれる詩の中の一つです。詩人の生地、北部イングランドの湖水地方に思いを寄せた甘美な追憶の詩が書かれましたが、ルーシー詩群は、故郷のどこかの乙女の面影を美化して讃えたものです。ルーシーという名の謎めいた素朴な山里に住む乙女が誰なのか、ここでは詮索しないでおきましょう。モデル問題より重要なのは、この詩を書いた翌年、故郷のグラスミア湖のほとりに、ダヴ・コテッジを構えて詩人が住み着いたということでしょう。その事実は、当時の詩人の身辺の事情、もしくは、詩人の心境を反映した出来事でしたし、その後の詩作にも大きな影響を及ぼしているからです。この時期は、自然との神秘的交流の中に精神の蘇生を得ることを歌った秀作「ティンタン・アビー」（一七九八年）が『抒情歌謡集』の一部として書かれた直後であり、詩人の詩作活動が活発化したという意味でも、詩人にとって重要な時期でした。

ワーズワスのロマン主義は、フランスの思想家ルソー流の自然回帰と孤独の中での瞑想を特徴としますが、荒々しい本来の自然ではなく、人間によって飼い馴らされた田園的自然環境への憧憬や安住が求められ、一般にロマン派の言う自然とは、産業革命が引き起こした産業社会から逃れるための心の故郷、あるいは、憩いの場であるように感じられます。「ルーシー詩群」は、一八〇〇年に刊行された『抒情歌謡集』増補改訂版（二巻本で、初版分が第一巻、増補分が第二巻）に収録されています。本詩は、純朴な愛の歌と評することが出来ますが、「この世に存在することを止めた」ルーシーと己との違いを嘆いていいます。生きていた時も人の世の邪悪さに染まらず、人里離れた綺麗な泉のほとりに目立たなく、しかし、汚れなく住んでいたが、今は墓の中にいる綺麗なままのルーシーと、産業革命のために自然が破壊され、美しい自然が蔑《ないがし》ろにされた産業社会の汚れの中であくせくと生きざるを得ない自分との違い・懸隔を、汚れないものの喪失を詩人は嘆いています。素朴な愛の歌であるようです。

このような自然で純朴な愛の歌とは対極にあると思われる、ロマン派詩人の次の詩を読んでみましょう。

La Belle Dame Sans Merci　　つれなき手弱女《たおやめ》

John Keats　　ジョン・キーツ

O what can ail thee, knight-at-arms,
　Alone and palely loitering?
The sedge has wither'd from the lake,
　And no birds sing.

「何を嘆いておられる、馬上の騎士殿、
　ただ一人青ざめさ迷って？
湖の傍の菅《すげ》は枯れてしまい、
　一羽の鳥も歌わない。

O what can ail thee, knight-at-arms,

何を嘆いておいでか、鎧武者殿、

So haggard and so woe-begone?
The squirrel's granary is full,
　And the harvest's done.

やつれ果て、悲しみに打ちひしがれて？
リスの蔵は満杯で、
　取り入れは終わっていますよ。

I see a lily on thy brow,
　With anguish moist and fever dew;
And on thy cheek a fading rose
　Fast withereth too.

額に見えるは一本の百合の花、
　湿った苦痛と濡れた熱。
頬には萎れかかった薔薇の花、
　早々に枯れていますよ。」

I met a lady in the meads,
　Full beautiful—a faery's child;
Her hair was long, her foot was light,
　And her eyes were wild.

「牧場で出会った一人の淑女、
　得も言われぬ美しさ—妖精の子と見紛うほど。
髪は長く、足取り軽く、
　爛々たるその目は野性的。

I made a garland for her head,

頭にかぶる花環、

And bracelets too, and fragrant zone;
She look'd at me as she did love,
And made sweet moan.

I sat her on my pacing steed,
And nothing else saw all day long,
For sideways would she lean, and sing
A faery's song.

She found me roots of relish sweet,
And honey wild, and manna-dew;
And sure in language strange she said—
'I love thee true!'

She took me to her elfin grot,

腕輪、それに香り立つ帯を作ってあげた。
乙女は本当に愛しているごとく拙者を見つめ、
甘い嘆きの声を挙げました。

乙女を馬に乗せ、ゆったりと進み、
日がな乙女ばかりを眺めていました。
横座りの乙女は体をもたせ掛け、歌ったものでした、
妖精の歌を。

乙女は甘い味の根っこ、
野生の蜂蜜、マナの露を見つけてくれ、
知らない言葉で、確かに、言った、
『心から愛しているわ、』と。

拙者を妖精の洞穴に連れて行き、

And there she wept, and sigh'd full sore;
And there I shut her wild, wild eyes
　With kisses four.
And there she lulled me asleep,
　And there I dream'd—Ah! woe-betide!
The latest dream I ever dreamt
　On the cold hill side.
I saw pale kings and princes too,
　Pale warriors, death-pale were they all;
Who cried—'La Belle Dame sans Merci
　Hath thee in thrall!'
I saw their starved lips in the gloam,
　さめざめと泣き、痛々しく嘆息した。
拙者は、四回キスをして
　乙女の野性的な目を閉じさせた。
そこで乙女は拙者をあやして眠りにつかせ、
　拙者は夢を見た—ああ、悲しみに襲われた。
かつて夢みし中で、一番最近の夢を、
　この冷たい岡野辺で見たのだ。
拙者は、顔青ざめた王たち、君主たちを見た。
　顔青ざめた戦士たちもだ、皆が死相の青い顔だ。
彼らは一様に叫んだ—つれなき美女が
　そなたを虜にしたのだ、と。
薄闇の中で、彼らの飢えに乾いた唇が

With horrid warning gaped wide,
And I awoke and found me here
On the cold hill's side.

And this is why I sojourn here,
And alone and palely loitering,
Though the sedge has wither'd from the lake,
And no birds sing.

恐ろしい警告でぽかんと空いているのが見えた。
その時、拙者は目が覚めると、ここ
冷たい岡野辺にいたのだった。

こういう訳なのだ、拙者がここで、ただ一人
顔青ざめてさ迷っているのは、
湖の傍から菅は枯れて、
一羽の鳥も歌わぬのに。」

この詩に出てくる放浪の騎士が誘惑されて愛してしまった乙女は、いわゆるfemme fatale（a fatal woman　運命・宿命の女）であり、男を誘惑し、運命を狂わせて、邪の道へ誘い込もうとする魔女に等しいと思われます。女性は、一般に、二つの顔・側面を持つとされます。一つは、聖母マリア的な清純な面、そして、二つ目は、最初の女性イヴ的な、アダムを誘って誑《たぶら》かし、禁断の木の実を一緒に食べさせたあのイヴ的な、男を誘惑して堕落させる側面です。女たちは、その両面を駆使して、男たちを正しき道、あるいは、邪の道へ

と導いてきました。男というものは、仕方のないもので、女たちの悪しき側面を知りながら、シェイクスピアの『ソネット集』一二九番にあるように、女を性的に知れば、地獄に導かれることになると知っていながら、どうしても悪しき女を避けることが出来ませんでした。

このように、ロマン派の恋愛詩には、純朴なそれと、誘惑的な女性を愛してしまった顛末を歌う恋愛詩という、両極端の詩が含まれています。ロマン派の詩人たちは様々な恋愛詩を作詩しているので、単純すぎる区分けかもしれませんが、これは、ロマン派の恋愛詩の一大特徴と言えると思われます。

次に、ヴィクトリア女王時代の代表的な恋愛詩を検討してみましょう。マシュー・アーノルド（Matthew Arnold 1822–88）の詩です。

Dover Beach　　ドーヴァーの渚

The sea is calm to-night.　　今宵海は静かだ

The tide is full, the moon lies fair
Upon the straits;—on the French coast the light
Gleams and is gone; the cliffs of England stand,
Glimmering and vast, out in the tranquil bay.
Come to the window, sweet is the night-air!
Only, from the long line of spray
Where the sea meets the moon-blanched land,
Listen! you hear the grating roar
Of pebbles which the waves draw back, and fling,
At their return, up the high strand,
Begin, and cease, and then again begin,
With tremulous cadence slow, and bring
The eternal note of sadness in.
Sophocles long ago
Heard it on the Aegaen, and it brought

潮は満ち、月は明るい
海峡の上で―フランスの岸では　明かりが
ちらついては消える。イギリスの崖が切り立つ、
きらきらと広漠として、静かな湾に聳える。
窓辺においで、夜風が爽やかだ。
ただ、長い水しぶきの続く
月明かりに白い陸と海とが出会う辺りから
耳を澄ましてごらん、聞こえるよ、波が引き去り、
寄せては、高い岸辺に打ち上げる
小石のじゃりじゃり軋む音が、
始まっては止み、また始まる、
震えるように緩やかなリズムを刻み、
永遠の悲しみの調べを導き入れる。
ソフォクレスがその昔
エーゲの海辺で、同じ音を聞き想ったのは、

Into his mind the turbid ebb and flow
Of human misery; we
Find also in the sound a thought,
Hearing it by this distant northern sea.

The Sea of Faith
Was once, too, at the full, and round earth's shore
Lay like the folds of a bright girdle furled.
But now I only hear
Its melancholy, long, withdrawing roar,
Retreating to the breath
Of the night-wind, down the vast edges drear
And naked shingles of the world.
Ah, love, let us be true
To one another! for the world, which seems

人間の悲惨さの濁った潮の満ち引き。
私たちもその音を
遠いこの北の海の渚で聞けば、
ふとある思ひに襲われる。

信仰の海も
かつては満ちていた、そしてこの世の岸を
輝く帯のように、幾重にも取り巻いていた。
けれど今聞こえるのは
憂鬱な長く尾を引く引き潮の怒号ばかり。
夜風の息吹に合わせ、
この世の漠として荒涼たる水際と
剥き出しの砂利の下を、海が引いていく。
ああ、愛しい人よ、お互いに
誠実でいよう！　この世はかくも様々に

To lie before us like a land of dreams,
So various, so beautiful, so new,
Hath really neither joy, nor love, nor light,
Nor certitude, nor peace, nor help for pain;
And we are here as on a darkling plain
Swept with confused alarms of struggle and flight,
Where ingnorant armies clash by night.

かくも美しく、かくも真新しい
夢の国かと見紛うばかり。
だが実は、喜びも、愛も、光もなく、
確信も、平和も、苦痛を癒すすべもない。
ここにいる私たちは、闘争と遁走の混乱した
叫喚が入り乱れ、敵味方も弁えぬ夜の戦闘が
実施される暗がりの荒野にいるに等しい。

アーノルドが生きた一九世紀後半のイギリスは、産業革命が成就され、世界のあちこちを植民地化し、大英帝国を築き上げて、政治的経済的にも大盛況で栄華を極め、人々は功利主義物質主義に毒されていました。名門ラグビー校からオックスフォードへ進み、そこの詩学教授にまでなったアーノルドは、文明評論・文芸批評を活発に行い、中産階級の物質主義と俗物根性を批判し、広くヨーロッパ文化の粋を吸収することで精神的素養を身につけることを説きました。評論家として『教養と無秩序』（一八六九年）を代表作として、評論活動に励みますが、信仰と理性の乖離に悩み、古典の調和と現代文明の蕪雑《ぶざつ》さの間に

挟まれて、懐疑と虚無に沈むという、ヴィクトリア女王時代（一八三七―一九〇一年）の、特に後期の人々の一つの典型とされる「正直な懐疑者」という人物像がアーノルドの姿でした。

右の「ドーヴァーの渚」という詩は、アーノルドの傑作とされますが、一八五一年に妻を迎えた彼が、新婚の旅の途中のドーヴァーの海岸で得た感興を詩にしたのが、この作であると言われます。ドーヴァーは古い町で、ローマ帝国に支配された時代に栄え、その砦としてロンドンに通じる街道の遺跡も残っています。アーノルドがギリシア・ローマの昔を偲び、それと対照的に彼と同時代の現状を憂えるには、相応しい場所であったと思われます。

教養主義者として知られるアーノルドは、フランス等に比べて、狭隘《きょうあい》で俗物的な性格に支配されたイギリスに、産業主義に毒されないギリシア的ヘレニズム的な理想を取り戻すことを願って、真理への愛に基づく調和のとれた人間的理想の必要性を主張しました。彼の生きた時代は、科学主義、現実主義、功利主義というブルジョワ的意識の支配する風潮が蔓延《はびこ》っていたので、時代思潮に対する彼の批判精神は古典主義への道を辿ります。彼の眼には、理性も信仰心も失って物質的繁栄のみを求める近代は、人間的精神の転落としか映りませんでした。

右の詩の初めの数行は、穏やかで美しい海の叙景から始まりますが、第一連の二行目から、行の真ん中が切られ、寄せる波と返す波とのぶつかり合いのリズムが現れ、耳障りの音が読者の耳に不安を呼び起こします。小石の摩擦音が始まり、止み、また始まる。この揺れ動く律動は永遠の悲しみの音色と歌われます。

古《いにしえ》の「信仰の海」を描く "Lay like the folds.....girdle furled" の "r" 音、"l" 音の流れは、お互いに呼応して、美しく響き合いその海の豊かさを表象する一方で、近代の北の海の "melancholy, withdrawing roar, retreating to the breath" と著しい対照を作っています。

この詩は、いわゆる恋愛詩とは言えないかも知れませんが、話者の声のみが一方的に聞こえ、「愛しい人」と呼びかけられている相手の声が聞こえてこないという孤独な雰囲気こそ、精神的繋がりがない物質主義に侵された近代を歌う、この詩の特徴を成しているのではないでしょうか。

第四章　芝居は人をかえるもの
——映画『恋におちたシェイクスピア』覚書——

映画『恋におちたシェイクスピア』（*Shakespeare in Love*）は、第七一回アカデミー賞の最優秀作品賞、最優秀主演女優賞、最優秀オリジナル脚本賞など七部門を初め、数々の映画賞を受賞した卓抜な映画として、記憶に残る出来ばえの作品です。豪華な出演俳優[*1]（ヒロインのヴァイオラを演じるグウィネス・バルトロウ、エリザベス女王役のジュディ・デンチ、この映画で唯一の憎まれ役ウェセックス卿役のコリン・ファース、極めつけは、シェイクスピアを演じるジョセフ・ファインズ）は、それぞれの名演技によって観客を大いに魅了しましたが、特筆すべきは、映画台本の秀逸さでしょう。

本映画のシナリオは、脚本家、劇作家、小説家として活躍しているアメリカ人のマーク・ノーマン（Marc Norman）と、『ハムレット』の二人の脇役を主人公とするポスト・モダン劇『ローゼンクランツとギルデンスターンは死んだ』（*Rosencrantz and Guildenstern are Dead*, 1966）や、ジョン・フォード作『あわれ彼女は娼婦』（*Tis Pity She's a Whore*）をその作品の一部に利用した『リアルシング』（*The Real Thing*, 1984）等で著名な、現代英国を代表する劇作家トム・ストッパード（Tom Stoppard）がコンビを組み、綿密な時代考証を重ね、シェイクスピアの様々な芝居のセリフを利用して、緻密に磨かれ考え抜かれた味わい深い文章を駆使して書かれ、多様な意味・観点において極めて秀でた内容の脚本として仕上げられています。

ノーマンは、一九八八年に学校でエリザベス朝の演劇を勉強していた息子と話をしていたとき、「『ロミオとジュリエット』は喜劇として始まるが、途中で劇の流れが変わり、完璧な悲劇となる。当時としては過激な着想だ。シェイクスピアの想像力をこれほど強烈に刺激した触媒は何か。それがシェイクスピアの道ならぬ恋だったとしたら」というアイディアを思いついたと言います。[*2]

この映画の時代設定は一五九三年の夏（夏は恋の季節でもある）。間歇《かんけつ》的に疫病がロンドンを襲い、劇場が閉鎖されている時期でした。おそらく経済的な事情で故郷のストラットフォードを離れ、ロンドンで一人暮らしをして数年が経過したシェイクスピアは、二九

＊1　受賞歴と俳優陣の詳細は、章末の「映画情報」を参照のこと。
＊2　『恋におちたシェイクスピア』上演プログラム参照。

歳になっていました。二一歳になる前に三人の子供たちの父親となり、その数年前から実父の商取引失敗による没落で働き口を必死に探していたらしいシェイクスピアが、故郷の実家に妻子を預け、何らかの伝《つて》を頼って、ロンドンで一旗挙げようと上京し、何が切っ掛けは判然としませんが、とある劇団に雇われ、初めのうちは様々な雑用をこなし、役者として舞台にも上がった後に劇作家になり、やっと一人前の詩人・劇作家として活躍を始めていました。喜劇・歴史劇等、一〇作ほどを書き、出だし順調と思われましたが、この映画の中では、目下のところ、作家としての袋小路に陥っているところから、この映画は始まります。しかし、映画の中では、ウィル（ウィリアム・シェイクスピア）はその事情を「霊感を与えてくれるミューズ女神、つまり真の魂を共有し合う、愛する女性」がいないからだと述べていますが、それは彼の思い込みに過ぎず、実際には、彼の劇風がちょうど転換期にあり、これまで書いてきた自作の芝居に満足できなくなっていることに、彼はまだ気づいていない。ウィルは、喜劇の中で、道化が作者の意向を無視して、観客の笑いを取ろうと勝手なドタバタを演じることに嫌気がさしかけているのだと、映画では描かれています。*3

そのようなウィルに転機が訪れるのは、ホワイト・ホール宮殿の女王の面前で演じられ

た彼の喜劇『ヴェローナの二人の紳士』を観劇中の、とある下級貴族（商人からの成り上

＊3　この事は、シドニーがその『詩の擁護』の中で、「イングランドの当時の文学事情」に関して、演劇について次のように言っているのと、軌を一にしているようです。「我が国の芝居ときたら、全くもって正しい悲劇でも、正しい喜劇でもなく、王様と田舎者（道化）とを混ぜこぜにしているのだ。劇の内容が特にそのことを要求するからではなく、田舎者は手荒く無理やり舞台に投げ入れられ、作法も分別もなく、身も世もあらず、荘重な問題の中で一役演じさせられる。これでは結果的に、感嘆も同情も、もしくは正しい陽気さも、雑種犬に等しい彼らの悲喜劇では得られない。・・・我が国の喜劇作家たちは笑いがなければ喜悦はないと思い込んでいる。これがとんでもない間違いであることは、笑いが喜悦に伴うことはあり得るが、喜悦が笑いの原因であるかのごとくに、笑いが喜悦から生じるのでないことからわかる。笑いは、私たち自身や自然にとって最も不適合な事柄からほとんど常に生じる。喜悦は永続的もしくは現在的な喜びをその中に含んでいる。笑いには、ただ侮蔑的なくすぐりがあるだけだ。例えば、麗人を見れば、喜悦で恍惚となるが、思わず笑い出したくなることは絶対にない。畸形の者を見て笑うが、それに喜悦を覚えることは確実にない。・・・喜劇的部分の一意専心は、ただ笑いのみを掻き立てるような侮蔑的事柄にこだわるのではなく、詩の目的である喜ばしい教えをそれに混ぜることであると、私は言いたいのだ」（大塚・村里訳・著、『シドニーの詩集・詩論・牧歌劇』、大阪教育図書、二〇一六年、三七五―三七六頁参照。）

がり貴族）の令嬢、芝居好きのヴァイオラに一目惚れして恋に落ちるときでした。二人は紆余曲折の後結ばれますが、その恋の体験を基にして現在進行形という形で有名な悲劇『ロミオとジュリエット』が書き継がれます。そして、所詮、貴族の令嬢と妻子持ちの男という現実の中で、結ばれるはずがない二人の悲恋の後日談としてヴァイオラを女主人公とし、彼の喜劇の最高峰とされる『十二夜』が生まれたことを、この秀れた映画・シナリオは、極めてスリリングでドラマティックに描いています。

この映画の中で、デ・レセップス家で開催された舞踏会へ楽団員の一人に成り済まして忍び込んだウィルは、当家の令嬢ヴァイオラ姫が踊っているのを見て、彼女に一目惚れしてしまいます。この状況は、『ロミオとジュリエット』の中で、ジュリエットの屋敷で開かれた仮面舞踏会に友人たちと共に忍び込んだロミオが、ジュリエットに一目惚れする場面に転用されることになります。実は、芝居と映画の全ての出来事は順序が逆なのですが。シェイクスピアと同年齢だが、ケンブリッジ大学出の詩人・劇作家として彼よりずっと早くデヴューし、すでに当代随一の人気作家になっていたクリストファー・マーロウ（Christopher Marlowe, 1564–93）が自作の詩『ヒアロウとリアンダー』（*Hero and Leander*）第一巻一七六行で、“Who ever loved that loved not at first sight?”「今まで恋をした者で、一目惚れでなかった例があろうか」[4]と歌っているように、一三・一四世紀のイタリアの詩人、ダンテ、ペトラルカの伝統を引く当時の恋の慣例に従って、ウィルもロミオも一目見て恋に落ちてしまうのでした。図らずも、ヴァイオラは詩人・劇作家シェイクスピアの大のファンで、彼の詩劇を通して、彼に密かに思い焦がれていたのです。

いやしくも貴族の令嬢が下々の者に交じって川向こうの歓楽街サザック地区にある劇場に芝居見物に行くのは避けるべきことであります。もし、どうしても芝居を見物したければ、女王陛下が宮廷に劇団を呼びつけて宮廷の宴会場で芝居見物されるときに、他の宮廷人と一緒に見物すればよいと言う乳母に反して、ヴァイオラは芝居小屋で芝居を見たくて、また芝居に出たくて仕方がない。当時は、舞台の上に女性が上がることは法律で禁止されていましたが、ヴァイオラは一計を案じ、トマスという田舎出の若者で乳母の甥に成り済まし、ヘンズロウの劇団「海軍大臣一座」のオーディションを受け、ロミオ役を見事に射

＊4　大塚定徳・村里好俊訳『イギリス・ルネサンス恋愛詩集』、大阪教育図書、二〇〇六年、一二頁。また、本書一三一—一三六ページも参照のこと。

止めます。実は、トマスが彼の愛するヴァイオラ姫だということを知らないウィルは、彼女への恋文と恋歌（ソネット一八番「君を夏の一日に喩えてみようか」）をトマスに託しますが、彼女からの涙で滲んだ手紙をトマスから受け取ることになります。彼女の意思にかかわらず、古い家柄を誇る貴族であるウェセックス卿と結婚することが、新大陸のヴァージニアにある煙草農園経営の資金源として金目当てのウェセックスと、下級貴族であるがゆえに由緒正しい家柄目当ての彼女の父親との間で、まるで商取引をするかのように、取り決められてしまっていたのでした。

ヴァイオラ姫の返事を催促しようとウィルは、テムズ川を手漕ぎの小舟（いわば、水上タクシー）に乗って、奉公する屋敷へ戻ろうとするトマスを他の小舟を雇って追い掛け、トマスが乗る小舟に乗り移り、トマスに向かってヴァイオラに対する思いの丈を打ち明けようとします。その重要な場面で、ウィルはトマスに向かって「オクシモロン（oxymoron）」とブレイズン（blazon）」[*5]というシェイクスピア時代の恋愛詩等でよく使われた詩の技法を用いて、次のようにヴァイオラの美しさを称揚します。[*6]

Viola as Thomas: …… Tell me how you love her, Will.

Will: Like a sickness and its cure together.

Viola as Thomas: Yes, like rain and sun, like cold and heat. (*Collecting herself*) Is your lady beautiful? Since I came here from the country, I have not seen her close. Tell me, is she beautiful?

Will: Thomas, if I could write the beauty of her eyes! I was born to look in them and know myself.

He is looking into Viola's eyes. She holds his look, but Will belies his words.

＊5　「オクシモロン」とは、「矛盾・撞着語法」という意味で、「意味が全く相反する言葉を結びつけて、より強烈な表現を作る技法」であり、「ブレイズン」とは、「女性の美をカタログ形式で順序よく並べ、他の美しい品々に喩えて一つずつ称揚する技法」のことである。一四世紀イタリアの詩人ペトラルカを範として、ルネサンス時代の英語詩人たちに愛用された。本書の第三章を参照のこと。

＊6　『恋におちたシェイクスピア』からの引用は全て、Mare Norman & Tom Stoppard, *Shakespeare in Love*, ed. by Fumiko Kosai & John Cronin. 松柏社、二〇〇〇年に拠る。この場面は、六四―五頁。

Viola as Thomas: And her lips?

Will: Her lips! The early morning rose would wither on the branch, if it could feel envy!

Viola as Thomas: And her voice? Like lark song?

Will: Deeper. Softer. None of your twittering larks! I would banish nightingales from her garden before they interrupt her song.

Viola as Thomas: She sings too?

Will: Constantly. Without doubt. And plays the lute, she has a natural ear. And her bosom — did I mention her bosom?

Viola as Thomas: (*glinting*) What of her bosom?

Will: Oh Thomas, a pair of pippins! As round and rare as golden apples!

Viola as Thomas: I think the lady is wise to keep your love at a distance. For what lady could live up to it close to, when her eyes and lips and voice may be no more beautiful than mine? Besides, can a lady of wealth and noble marriage love

Will: happily with a Bankside poet and player?
(*fervently*) Yes, by God! Love knows nothing of rank or riverbank! It will spark between a queen and the poor vagabond who plays the king, and their love should be minded by each, for love denied blights the soul we owe to God! So tell my lady, William Shakespeare waits for her in the garden!

Viola as Thomas: But what of Lord Wessex?

Will: For one kiss, I would defy a thousand Wessexes!

She kisses him on the mouth and jumps out of the boat.

Viola as Thomas: Oh, Will!

She throws a coin to the Boatman and runs towards the house.

トマス（に扮するヴァイオラ）彼女をどんなに愛しているのか教えて、ウィル。

ウィル　病気とその治癒が一緒になったように。
トマス　なるほど。雨なのに陽が差すように。冷たいけど暑いように、でしょう。（気を取り直して）あなたの愛する姫君は綺麗かい。田舎から出て来たばかりで、近くで見たことがないんだ。教えてくれ、彼女は綺麗かい。
ウィル　トマス、彼女の眼の美しさを言葉で書くことが出来ればなあ。僕はその目をのぞき込み、己を知るために生まれたんだ。

ウィルはヴァイオラの目をのぞき込み、ヴァイオラはその視線を捉えて離さないが、ウィルは自らの言葉を裏切り、彼女に気づかない。

トマス　だったら、彼女の唇はどうだい。
ウィル　彼女の唇だって。早朝に咲く薔薇の花だって、もし嫉妬心があるならば、悔しくて、枝先で枯れるだろうよ。
トマス　声はどうだい。雲雀の歌声のようかい。
ウィル　もっと深く、もっと柔らかだ。ぴぃーちく囀《さえず》る雲雀などお呼びじゃないさ。

トマス　夜啼き鶯さえ彼女の歌声を邪魔しないように庭から追っ払ってやるさ。
ウィル　彼女は歌も歌うのかい。
トマス　絶えずね、間違いなく。リュートも引くよ。生まれつきの音楽耳の持ち主さ。それに彼女の胸ときたら。胸の話をしたかい。
ウィル　（目を光らせて）胸がどうしたの。
トマス　おお、トマス。一対の青いリンゴさ。黄金のリンゴのようにまあるくて類まれなリンゴだ。
ウィル　君の思い姫は君の愛を遠ざけて、賢いと思うよ。いったいどんな女性が君の思いに寄り添って生きて行けるというんだい。彼女の目と唇と声が僕のそれと変わらないというのに。そのうえ、裕福で気高い結婚をする運命《さだめ》の女性がバンクサイドに住む取るにたらない詩人で俳優やらと幸せな結婚が出来るのかい。
トマス　（熱を込めて）出来るとも、神かけて。愛には身分の違いや貧富の差など関係ない。愛は、女王様と王を演じる哀れな浮浪者との間でも生まれるものだ。そして、二人の愛は、互いによって慈しまれる。愛が否定されれば、私たちが神から授けられた魂を枯らしてしまうからな。だから愛する人に伝えてくれ。ウィリアム・シェイクスピアが庭で待つと。

トマス　でも、ウェセックス卿はどうするの。

ウィル　一回のキスのためなら、ウェセックス卿が千人来ようと、物ともしないぞ。

トマス（ヴァイオラ）はウィルの唇にキスをして、ボートから飛び降りる。

トマス　おお、ウィル！

彼女はボート漕ぎにコインを渡して、屋敷の方へ駆け上がっていく。

この場面では、ヴァイオラ扮するトマスのセリフには「疑問符？」が多用され、ウィルの言葉に対する彼女の不信と不安で一杯の気持ちを表している一方で、ウィルのセリフには、「感嘆符！」が多用され、彼の激しい恋の情熱を物語っています。そして重要なのは、この場面の最後で、ヴァイオラが万感の思いを込めてウィルにキスをし、「おお、ウィル！」という「感嘆符！」で話を終える所です。最後には、ウィルの真の愛情を真摯に受け止めて、彼女は、ウィルの必死の訴えに同感しているのです。

ところで、当時流行の「ブレイズン」の技法を駆使して歌った有名な詩があります。先ずはそれを次に紹介しましょう。長いですが、当時の教養ある宮廷人たちの愛唱歌にもなっていました。

一六世紀後半の詩人サー・フィリップ・シドニー[*7]（Sir Philip Sidney, 1554–86）の代表作『ニュー・アーケイディア *New Arcadia*』第二巻第一一章で、ヒロインの姉妹であるパメラ姫とフィロクレア姫、御付のマイゾ、そしてアマゾン女戦士ゼルメインに女装したマケドニア王子で本編の主人公の一人ピュロクレスの一行は、古代ローマの代表的詩人ウェルギリウスが、その『牧歌』で理想郷として称えたアルカディア国の人里離れた森の中を流れる川での水遊びに出掛ける場面が描かれます。本当の女性と思われて水遊びに誘われたピュロクレスは、風邪を口実に裸で水に入るのを断り、川の傍で王女たちが丸裸で水遊び

＊7　シドニーについては、本書第二章を参照のこと。

をしている模様を観察し、愛するフィロクレア姫の優美な姿態を“blazon”の技法を駆使して、次のように歌います。[*8]

かのひとの完璧な美の品々を、どんな言葉で尽くせるものか
百万言を費やして誉め称えても、一の品さえ覚束ぬ
彼女の髪は、純金の細い糸
結い上げし巻毛となりて、恋人の心を縛る
そこに額が進み出て、「わたしのなかに
なお純白の美しさ、見えるでしょう」と
まさしく純白、冷たき冬の厳顔《げんがん》に
降り積もる、新雪より白し
　額には、よく釣り合った平らかな眉[*9]
同じ長さの直線が、角度を曲げて
新月の後、三日月頭
延ばす時の、月の様子に似たりかな

＊8　この詩の場合、まず肉体の前面を髪から足まで降りて行き、次に、背面をふくらはぎ・背中から肩・手へ進み、最後に内面の魂の美を称えて結んでいる。稀に見るほど精巧なブレイゾンで書かれたこの歌は、シドニーが若い頃に書いて以来、最も多く修正加筆を加えた歌であって、当時、転写や復刻や言及が数多く見られることから、エリザベス朝宮廷人のいわば《愛唱歌》になっていたらしい。この詩のイメージは「純金の細い糸」、「鯨の骨のように白い」など平板な比較表現が見られるにもかかわらず、独創的な創意に満ちている。この詩が高度に技巧的であるのは、いわば〈不意打ち技法〉を利用して、初めは誇張し矛盾したイメージと映るもので鬼面人を驚かすが、よく考えれば、完璧な適切性と予期しない関連性が浮かんでくるという特徴があるからである。一例として、姫君の薄い鳶色の眉は、彼女の眼である二つの黒い星の上に弓形にかかる三日月であって、瞼を閉じると、大胆不敵な挑戦を阻止すると描かれる。これは視覚的誇張表現であるが、巧みに姫君を大空の全ての美と関連づけている。黒い星は矛盾・撞着語法（oxymoron）だが、フィロクレアの瞳は、当時の通例の美女の眼の色とされる「紺碧碧眼」ではなく、実際黒いのだから、見事に叙述的である。閉じた瞼は、恋する男たちの猥らな視線を撥ね付けるが、純潔の女神である月（眉）の下でそうするのだ。新しい形而上学的文体を弄んだ後輩詩人たちが、この詩の機知に富む綺想を喜んだのは無理もないと思われる。

＊9　スペンサー『妖精の女王』第二巻第三篇二五節では、美しい処女ベルフィービの「まぶたには、その整った［釣り合った］まゆの陰に／多くの美の女神たちが宿って／美しい顔つきや愛嬌を作り／だれもが乙女にそれぞれの美を与え／だれもが乙女にやさしくおじぎをしている」と描写されている（和田勇一、福田昇八 共訳）。つまり、皺一つないすべらかな額に、整い釣り合った眉毛が座っているのである。当時、黒い眉毛を形容するのに、"even" と発音も綴りも似ている "ebon"（漆黒の）を使った慣習に、これは対応している。

弓形の瞼は、天の目蓋
閉じきれば、大胆不敵な企みを阻止す
　天球には、二つの黒星が鎮座し[*10]
比類なき一対、称賛も名折れ
人工の技で作られし、いかなランプの灯火も
目映く遍く照り渡る、天つ太陽も
無比の黒い瞳に、比べようとてなく
ただ瞳と瞳が、清澄さを競い合う
一つ不幸なことに、瞳は
片方の瞳の美を、確かめられぬ[*11]
　彼女の頬は、天然無垢のクラレット
太陽神の雄々しさに、顔赤らめし
寝所から抜け出たばかりの、曙の女神
もぎたての、クイーン・アップルの腹[*12]
彼女の鼻、顎は、純粋な象牙をまとい

かわいらしい耳は、これに劣らず清純
象牙の耳には、血の筋が浮き出て見え
ワインとミルクが、程よく交ぜ合わさったよう
耳の小さい渦の中を、覗き込めば
視線は、愛の迷路を踏み迷う

＊10　『アストロフィルとステラ』「第五歌」、一〇一—一一行に、「ぼくはいった、そなたの眼は星々、そなたの胸は天の川、そなたの指はキューピッドの矢柄、そなたの声は天使の歌と」と、ステラの美が称揚されている。

＊11　「眼は自分と瓜二つの美しいものを見ることが出来ない」というような表現には、当時いくつかの例が見られる。

＊12　ベン・ジョンソン『古ギツネ——ヴォルポーネ』四幕二場七二—三行に、「ただちょいとお鼻が赤いようで、おてんとさまの当たるほうが赤味のつく／林檎みたいに、その鼻もやっぱり片方が赤くなってますなあ」（大場建治訳）、スペンサー『羊飼いの暦歌』六月、四二—三行に、「あのころは、私のロザリンドに与えるために／まだ青いマルメロ［クイーン・アップル］の実を捜し歩き」とある。花言葉は誘惑。これは、ウェルギリウス『牧歌』第二歌五一行の「ぼくはマルメロを——うっすらと白い粉をふいた実を／それから栗と胡桃を自ら摘もう」に倣ったとされる。

意地悪な曲がり角、声を迷わす
言葉は道案内なくば、奥への道が分からない
耳朶は、宝石で飾らずとも
耳朶自らが、極上の宝石
　赤く膨らんだくちびるを、だれが見逃そうや
幸いなるかな、いつも自らに接吻するくちびるは
価値は紅玉、味わいは桜ん坊、
完璧な色合は、咲き初めし花薔薇《はなそうび》

くちびるが離れると、二列に
並んだ、貴重な真珠が拝《おが》める
真珠は、第二陣の愛らしく囲われた柵*13
天の甘露に濡れた舌を、護衛する
そこからは、言葉が無駄に流れ出たためしなし
　くちびるの下に、凛々しく堂々と聳えるは

この貴重極まる芸術作品の、柄
妖しい魅力が潜む、首
かくやならんか、築の大家の大公の四阿《あずまや》
贅を尽くして、建てし塔
　食欲をそそられて、視線が
今少し下へと、さまよえば
覗けるは、胸の愛らしく撓《たわ》わな房
ヴィーナスの息子の、気ままな住処《すみか》

＊13　『アストロフィルとステラ』「第五歌」、三八行に「紅玉に隠れた真珠の列」とある。真珠の歯と紅玉の唇は、スペンサー『妖精の女王』第二巻、第三篇、二四節に「話をするときは、したたる蜜蜂のような甘美な言葉を使い／真珠とルビーの間から、天上の音楽かとも思える／銀鈴を振るような声をやさしく出すのであった」、また『アモレッティ』八一番、九―十二行には「けれど、一番うるわしいのは／真珠とルビーで豊かに飾られた門が開いて／やさしい心の言伝てを伝える／賢い言葉が流れ出る時」（和田勇一監訳）とある。ちなみに、当時の諺に「歯が舌を警護するのは、りっぱなこと」がある。

透明な大理石の、真ん丸い柄頭《つかがしら》*14
青い静脈が、見事に浮き上がり
この上なく大切な、赤紫色の頂点と溶け合う
　両の乳房の間には、一本の途《みち》
乳の名を持つ、天の路よりも
美の殿堂に、祭るにふさわしい途
途は、喜び溢れる野原へ続く
一面、白百合の花畑*15
天然の、甘い芳香は
インド産の、高価な香料さえ凌ぐ
その名は腰、男の命を
ボロボロになるまで、腰砕けにするから
　白の装束に固めた、彼女の肋骨は
見えたり、見えなかったり
抗《あらが》う岩を、抱擁せんとするときの

大海原の泡立つ顔より、なお白し
　喜ばしい品々に埋もれて、旅人の想いは
道に迷って、両側をさすらうが
彼女の臍が、精妙な円の中へ
忙しい視線を、繋ぎ止める
臍は処女蝋の、優美可憐な封蝋
欠けたるは、押印のみ[*16]

＊14　ここには、シドニーが当該作品を書くに当たって典拠の一つとした、サンナザーロ『アルカディア』の「二つの赤い林檎（あるいは柄頭）」の影響がある。女性の乳房を柄頭に準えた例は、*O.E.D.* に記載してある。

＊15　おそらく、彼女の清純・可憐さと同時に、肌の白さに言及している。

＊16　シェイクスピア『ヴィーナスとアドゥニス』五一一―六行に、「きよらかな唇よ、わたしの柔らかな唇に捺された心地よい捺印よ／あなたにいつまでも唇を捺してもらうために／どんな契約をしたらいいのか／自らを売ることもわたしは厭わない／あなたが買い取り、支払い、それをよく遇してくれるなら／もしあなたがこの契約を結ぶなら、約束を破られないように／あなたの印章をわたしの紅い唇の封蝋の上に捺して下さい」とあるのが参考になる。大塚・村里訳『新訳シェイクスピア詩集』参照。

丸い腹は、喜びに震える視線を占拠する
いみじくも、命名はキューピッドの丘
愛神を迎えるに、打ってつけの丘
一点の汚れなき、雪花石膏《アラバスター》の鉱石
正しく美しい、滑らかな雪花石膏
しかれども、柔らかさしなやかな繻子のごとし
この甘美な御座で、愛神は戯れる
しぶしぶ私は、愛神の遊び場を離れる
最良のものは、常に忘れ去らねばならぬのが
これまで、世の常であったから*17
　太腿を、どうしても歌い忘れてはならぬ
オウィディウス直伝の恋歌には*18、なくてはならぬ
内腿は、二枚の砂糖菓子で側面を被われ
堂々と膨らんだ土手を、盛り上げて
純白なこと、アルビヨンの絶壁に優る*19

姿見のごとくツルツルした、臀部がそこにくっ付く
　一同跪《ひざまづ》くのだ、いま彼女の膝について
想像の目が見えるものを、わが舌が語らんとする
喜びの玉飾り、愛の宝玉
一つの動作に、あらゆる優美が伴う
屈曲部は、優れた画家よろしく

＊17 当時、「恥知らずな世の中は最良のものを恥ずかしがる」とか「最良のものは誤用される」という言い方があった。

＊18 例えば、オウィディウス『恋の歌』巻一、五番「昼下りの恋」は、若い娘コリンナの裸体を思いがけず目撃したことを歌い、そのえもいわれぬ美しさを誉め称えている。「着ているものを脱ぎ捨てて、僕の目の前に立つと／全身どこにも非の打ち所がなかった／何という肩、何という腕を僕は見て、触ったことか／乳房の形は抑えるのに何と適していたことか／何と張りつめた胸の下におなかは平らなことか／何と長く、何とすばらしい脇、何と若々しい太もも」（一六―二二行、中山恒夫訳）。クリストファー・マーロウの翻案では、「何と肉付きのいい脚、何とぴちぴちと張りのある太腿よ」となっている。

＊19 ドーヴァーの白亜の絶壁のこと。フランス側から船で渡ってその壁が迫ってくるとき、絶景である。

明暗法の技巧を、[20]冴え渡らせる
靴下を留める箇所が、子供っぽい印で
ふくよかな肉質には、容易に跡が残ることを示す
　今一度、凛々しいふくらはぎのところで
水晶天のごとく、盛り上がる
それを支えるアトラスは、[21]しごく華奢だが
鯨の真っ白な骨よりも、なお白い
　すっくと伸びるは、ふっくらした清らな脚
この高貴なる杉の木の、高価な根[22]
外観と匂いは、淡い色の菫草
一歩一歩が、大地にあらゆる美の種を蒔く
　彼女の背中に戻るのだ、わが歌神よ
羽を落とした、レダの白鳥さながら[23]
背筋に沿って、骨が合わさる様は
丸いマーチパンの、砂糖菓子のごとし

＊20　おそらく、シドニーは、当時の高名な細描画家ニコラス・ヒリャードとの直接の会話からか、あるいは彼の著書『細描画の技法』を読んだかして、この箇所を書いている。つまり、細密画家は丸みを表現するために、陽光部を引き立つように白く塗るのであって、回りを暗い影にするのではないという技法に言及している。

＊21　フィロクレアの肉体という美の世界、具体的には、彼女の丸みを帯びたふくらはぎという天空を支えている踝《くるぶし》を、全世界を支えているアトラス［運ぶ者、耐える者の意。巨人族の一人で、オリュンポスの神々に巨人族が反逆したときに加担したために、その罰として天空を双肩にて担うことになったという］になぞらえているのだが、フィロクレアの踝の細さとアトラスの盛り上がった筋肉との対照が絶妙である。

＊22　「杉の木」は、フィロクレアのすらりと伸びた背丈のこと、「高価な根」は、彼女の足のことである。面白い綺想である。

＊23　妻のヘラの目を盗んでレダに近づき、彼女を掻っ攫うため白鳥に転身したジョーブ大神は、首尾よく思いを遂げて、結果的にその後の人間世界の激動の原因となる二人の名高い女性、クリュタイムネストラ［トロイ戦役のギリシア方の総大将アガメムノンの妻、しかし凱旋した夫を、愛人と共謀して殺害してしまう］とヘレナ［トロイ戦役の原因を作る世界一の美女］とを生ませる。この挿話はよく詩歌に歌われ、また絵や彫刻の主題となった。ここでは、「もはや偽装する必要がないゼウスが、純白の羽を切り落としその場［フィロクレアの背中］に置いて行く」という意味で、彼女の真っ白な背中を表す迂言的表現である。

肩は、二羽の白い鳩に似て
四角い王宮の屋根に留まる[*24]
屋根は、白銀《しろがね》の皮膚で葺《ふ》いてあり
わずかの染みも忌み嫌う、アーミンの雪白に優る[*25]
　肩から突き出でし、二本の腕
不死鳥[*26]の翼も、これほど完全無比にあらず
非の打ち所なき長さと、汚れ一つなき色合と
　ああ、悲しいかな、新たな苦悩が蘇る
次に歌う順番は、彼女の手
わが初恋の、運命の絆
玉座には、清白が永遠に君臨す
造化の女神自らが、それに彩色す
暖かい雪、湿った真珠、柔らかい象牙が[*27]
そこでは、不思議に交ざり合い
サファイア色の小川が、幾筋も流れ下り

＊24　「二羽の鳩」から発展した、極めて持って回った綺想。当時屋敷の屋根が鉛葺ふきであったように、彼女の肩は銀の皮膚で葺いてあるというのである。

＊25　アーミン（テン）は北欧に棲息し、冬には尾の先だけが黒く、他は全身純白になるイタチ科の動物で、自分の体がほんのわずかでも汚れるよりは、死を選ぶ［火中をもくぐる］と信じられていた。それゆえ、アーミンを捕獲するときには、回りを糞の壁で囲む方法が利用されたという。ルネサンス期の寓意画集では、「純潔・清純」、あるいは「一途な心」を表象するとされる。有名なハットフィールド屋敷所蔵の「エリザベス一世の〈アーミン肖像画〉」はヒリャードが描いたものである。また、当該作品の中では、カランダー卿の跡継ぎ、クライトフォンの楯には、「汚名より死を選ばん」という訓言付のアーミンの紋章が彫られている。（民間伝承では、アーミンは田畑にいるときには幸福をもたらすが、その視線は病気の原因になり、息は死をもたらすことがあるとされる。）

＊26　世界に一羽しか存在しないとされる伝説の鳥。死ぬときには、ぐるぐると渦を巻きながら、自分の体を燃やし尽くし、残った灰の中から一羽の新しい不死鳥が誕生するとされる（異説もあるが）。寓意としては、復活、不滅性、永遠の青春、貞節・節制、驚異的な存在、自己充足・自己犠牲、キリストの受難と復活などを表す。

＊27　矛盾・撞着語法の一例。ペトラルカの「冷たき炎」以来、特にルネサンス時代の詩人たちには好んで多用された。例えば、『アストロフィルとステラ』第五歌三七行「暖かい、うまし香りの雪」、シェイクスピア『真夏の夜の夢』五幕一場五九行「暑い氷、とても不思議な雪」『ロミオとジュリエット』一幕一場恋を恋するロミオの台詞「おお、争う恋、恋する憎しみ／おお、もともとは無から生じた有なるもの／おお、心しずむ浮気心、きまじめなたわむれ／美しい秩序と見せかける醜い混沌／鉛の羽根、輝く煙、冷たい火、病める健康、眠りとは言えぬ常に目ざめる眠り／こういう恋を感じながら肝心の恋人はつれない」など枚挙に暇《いとま》がない。

複雑に蛇行する、人造の運河のごとく
馨しい土地に、馨しい島を無数に作る
手の指、それは
アメジストの、矢尻を付けた
愛神の武器、血に濡れた矢だ
　かく、それぞれの品はそれぞれに美しき
麗しき三美神は、いかなる技にて
彼女の四肢に、特段の優美を授けるのか
どんな時にも、どんな場所にも和合し
美をも、なお美々しくし
哀れな目をこそ、一番誘惑する優美を
だが、これとても、内部に宿る
より麗しい客人達の、麗しい宿に過ぎぬ*28
麗人への高き称賛と、称賛に満ちた祝福の
ペンとなるのは善徳、紙には天

不滅の名声が、インクを貸し出す*29
歌い初めと同じ言葉で、歌を終わりぬ
かの人の完璧な美の品々を、どんな言葉で尽くせるものか
百万言を費やして誉め称えても、一の品さえ覚え束ぬ*30

*28　「客人達」とは、フィロクレアの美徳の数々。それが美しい彼女の肉体という宿に宿っているというのだ。このように、肉体の美を一つ一つ取り上げて長々と称えた後で、翻《ひるがえ》って、精神の美、美徳を最後に絶賛するのは当時の詩の常套手段だが、これは〈パリノウド・取り消しの歌〉的手法といっていい。

*29　不滅の名声による詩の永続性というテーマについては、オウィディウス『転身物語』巻一五の結び、「詩人の予感の中にも一片の真実が含まれているものならば、わたしは、〔この詩を完成したことにより〕世紀の続く限り名声によって生き続けるであろう」（田中、前田訳）、ウェルギリウス『アエネイアス』第九巻四四六—七行「おお幸運のこの二人！　もしいやしくもわが歌に／その能力があるならば、二人を時の記憶より／消す日は永劫ないであろう」、並びにシドニー『詩の擁護』結末近くの「詩人達は神々に深く愛されているが故に、彼らが書くものは何であれ、神聖な霊感から生まれる。最後に、詩人達が彼らの韻文によってあなたを歌い不滅に致しますと告げるとき、彼らの言葉を信じてほしい」などを参照。

*30　村里好俊訳解『ニュー・アーケイディア』第二巻、大阪教育図書、一九九七年、一二六—一三三頁。

この歌がその典型ですが、オクシモロンとブレイズンの技法を駆使した歌が一六世紀後半のイングランドの詩人たちの間で数多く作詩され、よく歌われました。芝居好きで本を読むのが好きなヴァイオラは、この類の詩をよく知っていたのでしょう。彼女がウィルに「どれくらい彼女を愛しているのか教えて」と尋ねるとき、彼が「病に臥せるのと、治癒とが一緒になったように」と答えるのを聞いて、その技法を熟知しているトマス扮するヴァイオラは「そうなの、雨が降り、同時に太陽が輝くように。寒いと同時に暑いようにね」と切り返す。そして、「僕は彼女の美しい瞳を覗き込んで己を知るために生まれたのだ」と豪語するウィルは、ヴァイオラの瞳を覗き込み、彼女と目と目をしっかりと合わせながら、彼女をトマスと思い込んでいるため自分の言った言葉を裏切って、彼女の正体に気付かない。ヴァイオラは彼と口裏を合わせるかのように、当時の流行に乗って、オクシロモンとブレイズンを多用する彼を茶化そうとして、「では、その人の唇は」と尋ねる。彼女の狙い通り彼女の挑発に乗って、ウィルは、当時の歌の例に倣い、「彼女の赤い唇に嫉妬して朝咲きの薔薇も咲いた途端に萎れる」とか、「彼女の歌う声は囀る雲雀より、夜啼鶯より、深くて柔らか」と言います。眼を鋭く光らせて、「彼女の胸はどうだって言うの」とヴァイオラに聞かれたウィルが、「一対の小ぶりの林檎。黄金の林檎のように丸くて類い稀」と答えると、ヴァイオラは、ここぞとばかり、攻撃に撃って出るのです。「その女性があなたの愛を遠ざけておくのは賢明なことだわ。だって、一体どんな女性があなたの期待にぴったりと応えられるというの。その女性の瞳も唇も声も、私のそれと、かわらないというのに。それに、裕福な家に生まれ、貴族と結婚するはずの女性が、川向うの詩人・劇作家風情と幸せな恋ができますか?」と。その言葉に刺激されたウィルは熱を込めて「愛には身分・職業は関係ない、女王と王様役を演じる貧しい浮浪者との間に愛の炎が燃え上がる時もあるし、愛が拒まれれば、魂が干上がる」と応答します。そして、今度は虚言的技巧的言葉を弄するのではなく、真摯な真心を込めた自分の言葉で、「だから、愛する姫君に伝えてくれ。ウィリアム・シェイクスピアが庭でお待ちしているよ」と情熱的に宣言するのです。これを聞いたヴァイオラの「でも、(求愛者の)ウェセックス卿はどうするの」という問いに対する、彼の「ただ一度のキスができるなら、一千人のウェセックスに挑んでみせよう」と威勢のいい言葉に励まされて、ヴァイオラは彼の唇に万感の気持ちを込めてキスをし、小舟から自宅の庭に隣接した舟着き場へ飛び下りるのです。

この場面でウィルは、初めはありきたりの技巧的な言葉を弄して、ありきたりの褒め言葉で愛する女性を称えて、ありきたりの愛情表現をするのですが、ヴァイオラの挑発的な言葉と態度に触れて、彼が本当の愛を自覚する重要な山場となっています。直感的な一目惚れが真実の愛に成長したのでした。

この後、ウィルとヴァイオラは、彼女の寝室でめでたく結ばれ、二人の関係を現在進行形で反映して書かれている芝居『ロミオとジュリエット』は、少なくとも途中までは、あたかもハッピー・エンドで終わる喜劇のごとく、順調に進んでいきます。元々この芝居は、ヘンズロウの発案で、『ロミオと海賊の娘エセル』として着想され、酒場で出会ったマーロウに筋書きのヒントを与えられ、海軍大臣一座の主役アレンにジュリエットの名前を示唆されて、徐々に出来上っていくのでした。実際に、『ロミオとジュリエット』という芝居は、ロミオとジュリエットの秘密結婚で第二幕が終わります。しかし、第三幕に入ると、惨劇が起こり、悲劇へと変わっていくのですが、そこにはまた、ウィルとヴァイオラとの関係の変化が投影されているのです。ヴァイオラの言葉の通り、貴族の令嬢と一介の（当時は下賤とされた役者たちに芝居を提供するやくざな職業の）劇作家で、かつまた妻子持ちのウィルとが現実の世界で結ばれるはずがなく、二人の愛は、所詮、“Calf love”「小娘の幼い恋」に過ぎなかったと彼女は言いますが、しかし、彼女は本当にウィルを心底から愛していたのでした。二人が和解して、川辺でウィルにキスしながら、ヴァイオラが打ち明ける言葉「わたしはいま誓うわ、たとえそれが神の前での神聖な誓いでなくとも、厳粛な誓いよ。わたしは寡婦としてウェセックスに嫁ぎます」は、万感の思いを込めた、真心から出た彼女の意思表示なのです。

このように、小舟の場面におけるウィルの恋の歌の慣例に則った表面的な愛の想いが、ヴァイオラというフィルターを通り抜けて、たとえ、当時、本人同士の意志ではなく、たいていは親が決めた結婚という現世的儀式で結ばれることは叶えられなくとも、ヴァイオラは真の愛を胸底に秘めて嫁ぐし、ウィルとしては、二人の恋愛が『ロミオとジュリエット』、『十二夜』という現在なお世界中で読み継がれ、上演され続けている劇作品として結実したことで、劇作家シェイクスピアにとって、目出度いことかもしれません。もちろん、この映画で描かれるウィルとヴァイオラとの恋の経緯と、それにまつわる出来事は全てフィクションではありますが、私たち観客にとっては、色々な意味で、非常に興味あふれる内容となっているのです。

前述のごとく、『ロミオとジュリエット』の第二幕の終わりでは、たとえ秘密裡にであろうとも、ロレンス神父の仲立ちで愛し合う二人の結婚が執り行われ、当時の喜劇の常套手段であるハッピー・エンドという流れに沿って物語が進んでいます。この芝居は、その筋立てからしても、登場人物たちの喜劇的セリフ回しにしても、ここまでは喜劇的様相を強く呈しているのです。ところが、第三幕に入ると、事態は急変してしまいます。ロミオの友人マキューシオがロミオを憎むティボルトの挑発に乗ってしまい、街中で殺し合いの喧嘩を買って出るのでした。ジュリエットの乳母がジュリエットの分身として愛の二面性の内の卑猥な部分を引き受けるのと同様に、マキューシオはロミオの分身として、ロミオの影の部分を担っています。*31 ジュリエットは、ずっと乳母を頼りに父母に逆らってまで行動し、ロミオに誠を尽くそうとしますが、父にパリス伯との結婚を言い渡され、抵抗はしますが、終《しまい》には信頼する乳母が、追放されたロミオは死んだも同然として、父親の命に従ってパリスとの結婚を勧める助言を聞いて、ロミオとの結婚を知っていながら、言わば、重婚を勧める乳母を魔女・悪魔と罵《ののし》り、己の分身である乳母と別れる決意をし、唯一絶対的信頼のおけるロレンス神父の許《もと》へ最後の相談に出掛けるのです。そして四二時間仮死状態になる薬を飲んで霊廟に納められロミオの救済を待つ覚悟をしますが、棺の上で目を覚ますと、ジュリエットが死んだという間違った情報を得て、彼女が葬られている一族の墓所の棺台の前で毒を飲んで死んでいるロミオを発見します。胸騒ぎがして、その場所にやって来たロレンス神父の一緒に逃げようという言葉を無視して、とうとう全くの孤立無援のジュリエットは、ロミオの短剣で胸を突いて自殺してしまいます。

ジュリエットが初めて登場した時には、全く世間知らずの深窓《しんそう》の令嬢として、母親や乳母の言うとおりに全てを受け入れていましたが、ロミオに出会って恋をし、自立心が芽生えると、彼女は急速に成長し、一人前の成熟した大人の女性になるのです。有名なバルコニー・シーンで二人が愛を確かめ合い、本当に愛されていることが分かると、何と結婚の話を最初に切り出すのは、ジュリエットの方なのです。世間知らずのお嬢様から一気呵成に成熟した大人の女性になるのです。一般に、女性は、一途に恋をすると、愛する男性にひたすら尽くす存在となり、彼以外のものはすべて捨てられるものですが、ジュリエット自身も、ロミオとの恋を全うするためには、父母を裏切り、一族を棄て、最後の命綱であり分身でもある乳母とも縁を切り、とうとうロレンス神父をも退けて、ただ愛するロミオと天国で再会することを祈念して、彼を追いかけて死の国へ出立することを選ぶのでした。

これに対して、男のロミオはどうでしょうか。最初、ロミオは、劇には登場しない不在

＊31　河合祥一郎『「ロミオとジュリエット」恋におちる演劇術』白水社、二〇〇五年、八一頁以下を参照

の女性ロザラインに片思いする、男の思春期にありがちな恋に恋する若者として登場します。彼の恋が勝手な思い込みの偽物であることは、友人ベンヴォリオに向かって、その片思いの女性への愛を〈撞着語法《オクシモロン》〉を多用して思いの丈を訴える次のセリフを聞くだけで明らかだと思われます。

Why then, O brawling love! O loving hate!
O anything, of nothing first create!
O heavy lightness! Serious vanity!
Mis-shapen chaos of well-seeming forms!
Feather of lead, bright smoke, cold fire, sick health!
Still-waking sleep, that is not what it is!
This love feel I, that feel no love in this.

(*Romeo and Juliet*. I. 1. 176–182)

ああ、諍いながらの愛、愛するゆえの憎しみ。

そもそも無から生まれた有。
重々しい軽さ、生真面目な戯れ。
外観は美しく整っているが形の崩れた混沌。
鉛の羽毛、輝く煙、冷たい炎、病める健康。
常に目覚めた眠り、真実の眠りではない眠り。
微塵も恋心わかぬこの僕が、恋をしているとは。

（「ロミオとジュリエット」一幕一場　一七六―一八二行）

ロミオが感じているこの愛は、実際には舞台に一度も現われないロザラインという名のみの女性に、つまり「実在しない」女性に対する愛であり、その種の愛が極めて技巧的常套的表現法の〈撞着語法〉を利用して表明されています。ロミオはやがて実在する生身の女性ジュリエットに本当の命がけの恋をすることになりますが、ロザラインへの一方的な恋心は独りよがりで思い込みの激しい偽りの恋なのです。

前にも述べましたが、シェイクスピア時代の宮廷詩人たちの詩文には、エリザベス女王を恋人に見立てて、恋心を捧げるという趣向の「遊戯としての恋」とか、実在しない架空の女性を想定しての、このような擬似的技巧的修辞的愛の表現が頻出していたのを、シェイクスピアが一般民衆という現実的な目を持つ観客の前で、舞台の上でなぞって、ある意味、からかってみせているのかもしれません。そして、この映画では、ボートの上で、ウィルがヴァイオラへの愛の気持ちを、人口に膾炙した〈撞着語法〉を多用し、ヴァイオラと知らずして、彼女が男装したトマスに伝えようとしたときに、トマス（＝ヴァイオラ）に小馬鹿にされたのと事情は似ていると言えます。

ロミオは一幕五場、キャピュレット家で催された仮面舞踏会に友人たちと一緒に飛び入り参加した時に、運命の導きによってジュリエットを垣間見て、当時の慣例に従い、「一目惚れ」で必然的に恋に落ちます。実在の生身の女性に本物の恋をすることになるのです。しかし、ロミオは男の本性に従って恋をしてもなかなか成長しません。確かに、宿敵ティボルトに喧嘩を吹っかけられても、彼の怒りを何とか鎮めようとし、当時最大の侮辱的な言葉である「臆病者」呼ばわりされて、傍で聞いていた彼の分身であるマキューシオが挑発にのって、それを受けて立ち、結局、二人の喧嘩を留め立てしようとしたロミオの所為《せい》で、相手の剣でマキューシオは突き殺されてしまう。これに激怒し、自らの臆病を責め、ロミオは仇を討とうとティボルトに討ちかかり、殺してしまいます。ここからが悲劇の始まりです。

翻って考えてみれば、「運命の悲劇」とされるこの悲劇はひとえにロミオが作り出したものだと言えます。ロミオが彼からの挑戦状に対して何も反応を示さなかったことに対して激怒しているティボルトですが、ロミオは、前日からまだ実家に一度も帰宅していないのですから、彼からの果し状を読んでいないのは当たり前のことなのです。ロミオは一体どうしてティボルトがそれほどまでに腹を立てているのかさえ理解できないでいます。挑戦を受けないロミオに突っかかってきて、彼を臆病者呼ばわりするティボルトに対して、秘密結婚ではあるが、ジュリエットと結ばれたが故に、彼と親戚になったロミオは、何とかして彼を宥《なだ》め、その矛先を躱《かわ》そうとしますが、ロミオの分身であるマキューシオが黙っていません。ロミオも実は心の底では腹立たしさで一杯なのであり、それを彼の影的存在のマキューシオが代弁する形になり、ティボルトの挑戦を彼が受けて立ち、結局、躊躇するロミオの邪魔立てが入り、マキューシオは死にます。堪忍袋の緒が切れたロミオは、前後の見境がなくなり、影の仇を討ちますが、追放の憂き目にあいます。つまるところ、すべての悲劇の種は彼が撒いたものなのです。そして、真相を知らない従者から、ジュリエットの死の知らせを聞くと、一緒に死ぬためにヴェローナの町へ戻る途中で薬屋に立ち寄り、毒薬を手に入れます。しかし、なぜ毒薬なのか。男として、自らの剣で自殺すればよいではないか。毒薬を飲んで死ぬとは、当時の基準では、彼の死に方は意気地なしで男らしくない。

これには、作者の仕掛けがあると思われます。これは、ジュリエットの場合とパラレルになっているからです。ジュリエットは、ある意味で毒薬に近い四二時間仮死状態になる「薬毒」を、恐怖に怯えながらも、飲んで仮死状態になります。ロレンス神父の計画では、それは、死んだと思われて、墓所に葬られた後、彼女が目覚める頃を見計らってロミオが戻り、彼女を救出し、二人して新天地へ向かうという、希望に満ちた手段であり、ジュリエットもそれを信じて実行したのでした。その新天地は、結局は、この世ではなく、あの世ということになってしまいますが、いわば、彼女は、ロミオと違って、生きるために薬毒を飲むのです。しかし、眼が覚めたとき、ロミオが傍らで死んでいるのに気付いてこの世での幸福を諦め、彼女は自らの意志で、ロミオの短剣で自らの胸を突いて死ぬ方法を選びます。その死に方にセクシュアルな意味を認めるかどうかはともかく、極めて勇敢な死に方です。死ぬ方法でさえ、ジュリエットの方が感嘆と憐れみを誘います。映画では、ジュリエットを演じるヴァイオラが眼を覚まし、「わたしの愛する方はどこ、わたしは今どこにいるのか分かっているわ。そして、予定通りの場所にいる。私のロミオはどこ」と言うのに反応し、観客席から彼女の乳母が思わず知らず涙ながらに、「死んだわ」と言葉を発しますが、これは極めてその場に相応しい言い方で、非常に優れた演出になっていると思われます。

男であるロミオは、自分勝手に喧嘩して、自分勝手に死んでいく。それも、ジュリエットを巻き込んで。女であるジュリエットは、恋をすることで一気に成長し、一途に愛し、一途に信じ、すべてを擲《なげう》って、最後には、ただ独りぼっちになろうとも、とにかく、一途に死んでいきます。男と女の成長度の違いは、大きいと思われます。

さて、『ロミオとジュリエット』には、シェイクスピアの劇作法に倣って、一五世紀イタリアの物語「ジュリエッタとロメオ」を英訳したアーサー・ブルック『ロミウスとジュリエットの悲話』やウィリアム・ペインター『悦楽の館』を初めとする数種類の材源があるのは確かです。だが、しかし、前述の通り、これがシェイクスピアの実人生との関わりから生まれた作品だと仮定すれば、どのような彼の人生が考えられるかを実験的に描いたのが、この『恋におちたシェイクスピア』なのです。

何らかの伝《つて》を頼ってロンドンで一旗挙げようと上京し、やっと一人前の詩人・劇作家として活動を始めていましたが、この映画では、一〇作ほどを書いた現在は、作家としての袋小路に陥っています。映画の中では、単身赴任ゆえに夫婦のベッドは冷め切っており、結婚自体が若気の至りであったと心理療法家、占星術師、予言者、夢解釈人、錬金術師かつ魂の司祭、つまりは、いかがわしい似非《えせ》道学者のドクター・モスとの遣り取りで白状します。ウィルは「言葉、言葉、言葉（ハムレットの台詞）、昔は才能が溢れていた、陶工が粘土から陶器を作り出すように、言葉で帝国を覆すような愛を、地獄の炎に焼かれても、二つの心を結び付けて離さない愛を、尼僧院に暴動を惹き起こす愛を作り出すことが出来た」が、今や全く愛を描く作品が書けない事情を「霊感を与えてくれるミューズ女神、つまり真の魂を共有し合う、愛する女性」がいないからだと述べますが、実は、彼の劇風がちょうど転換期にあり、これまで書いてきた自作の芝居に、とりわけ、喜劇において作者の意向を無視し、アドリブで観客の笑いを取るだけの道化の独壇場に満足できなくなっていることに、彼はまだ気づいていないところがこの映画の幕開けです。

似非《えせ》道学者モス博士から「紙に自分の名前を書いてこのガラス製の蛇型の腕輪の中に入れよ、さすればこの腕輪を身に付けた女があなたの夢を見ると才能が復活し、言葉が川のように溢れ出す」と言われ、金を支払い手に入れたその腕輪をロザラインという黒い髪、黒い眼、浅黒い肌で、豊満な胸をしたバーベッジの愛人ですが、恐らくウィルとも性的関係のある娼婦まがいの女性に、ミューズ神になって欲しいとの願いを込めて渡します。このロザラインは、ロミオがジュリエットに出会う前に片思いで悩み苦しんでいた相手と同じ名前であるのが皮肉的です。シナリオ作者たちは、『ロミオとジュリエット』では実在しない空想的な恋の対象たる絵空事の女性を、全く正反対に、極めて地上的で世俗的で淫乱な、言わば、シェイクスピア作『ソネット集』に登場する「ダーク・レディ」紛《まが》いの女性として設定し、金髪、碧眼、輝くばかりの白い肌、「青リンゴのような」丸い整った乳房の「フェア・レディ」であるヴァイオラと対照的に描いています（ヴァイオラ役のパルトロウはその役に適任の美しい体をしています）。

捜していたミューズ神が見つかったと思い込んだウィルは、一旦は、猛烈な勢いでペンを走らせ、ヘンズロウの思い付きの劇のタイトル『ロミオと海賊の娘エヤル』ではなく、『ロミオとロザライン』第一幕を書き上げます。それを携えて、バーベッジの家に急ぎますが、ノックもしないで二階の寝室に飛び込むと、ベッドでは、ロザラインと饗宴局長のティルニーがお楽しみの真っ最中。それにショックを受けたウィルは、自らの勘違いを悔み、折角書き上げた新作を、通りの燃え盛る火桶の中に投げ込んでしまいます。ロザラインへの愛が叶わないのは、ロミオもウィルも同じです。

この後、ウィルは、下級貴族の令嬢ヴァイオラと恋に落ちますが、それはある意味で必然的な出来事でした。ヴァイオラは芝居好きで、特に、ウィルの芝居の愛好者であることは、彼女が宮廷の大広間で上演中の『ヴェローナの二紳士』の台詞を諳《そら》んじていることで明らかです。また、ヴァイオラは、乳母に向かって「人生を覆すような愛、言うことを聞かない、手に負えない、心の中に反乱が起き、たとえ破滅することになっても、どうにも止められない愛を体験したい」と述べます。それはまさにウィルがこれまで描いてきた愛に等しいものです。ヴァイオラがそれに心からそういう愛に憧れていることが、二人の接点となり、二人を隔てる数々の苦難を乗り越えて、二人は愛し合い、魂を分かち合うことになることが予想されます。

しかし、彼女の意思にかかわらず、宮廷での観劇の場面で彼女を見染めた、代々の古い家柄を誇る貴族のウェセックス卿と結婚することが、彼と彼女の父親との間で、まるで商取引をするかのように、取り決められてしまいます。当時の家父長制の下で、男性の身勝手な思惑で「寡黙・貞節・従順」を三大美徳として課せられた女性は、自由恋愛などは以ての他であり、ウェセックスに、家長である父親の言い付けに従い、「従順で、控え目で、感謝の心を知り、口数少なに」と警告され、己の存念を打ち消して「務めを果たします」と応えるのが精一杯のヴァイオラは、その夜、ウィルに対して無念の涙で滲んだ手紙を書くのみでした。

しかし、結婚前に、二人にはしばしの「盗まれた季節」が訪れることになります。ウィルが、ボートの上でヴァイオラへの熱い思いの丈をトマスに語る場面は、『お気に召すまま』(*As You Like It*) 三幕二場で、主人公のオーランドーが、愛するロザリンドがギャニミードに男装しているのを知らず、ギャニミードをロザリンドに見立てて、自らの熱い思いを訴える場面を、脚本家たちは思い浮かべていたに相違ありません。ウィルの思いを聴いたトマス（＝ヴァイオラ）は、思わずウィルの唇に愛を込めたキスをして、舟から飛び降ります。トマスから船賃を受け取った船頭が「お嬢様」と礼を言うのを聞いて、ウィルは、屋敷の堀壁を乗り越え、庭に入り、躊躇なく彼女の部屋のバルコニーへとよじ登り、窓から部屋へ入り込みます。トマスの変装のまま部屋に入って来るヴァイオラとちょうど鉢合わせになり、二人は狂おしく抱き合います。

ヴァイオラとの愛の日々と共に、ウィルの筆は勢いを増し、ウィルのヴァイオラに対する思いがロミオのジュリエットに対する思いに反映して描かれます。ところで、ジュリエットという女性名を与えてくれたのは、演ずる芝居の外題は『マキューショ』で、主役だと言われたのに、出番が少なくて、不満げなアレンその人でした。また、彼はもう一つヒントを与えてくれます。結婚式と追放との間に何か足りない場面があると示唆し、ウィルに哀しいが美しい今生の別れの、後朝《きぬぎぬ》の場面を書かせるのです。そう言えば、ミューズ神になってくれると思い込んだロザラインにも裏切られて、落胆し自棄酒《やけざけ》を飲みに来たウィルに、新作のヒントを与えたのは、ライバルのマーロウでした。一つの芝居を書き上演するには、劇団の仲間たちは無論のことですが、何人もの人たちの手助けが要るのです。

＊

この映画には鍵となる台詞があります。それは映画の中で四度発せられる"I don't know. It's a mystery."という言葉です。ヘンズロウが三度、ヴァイオラが一度発します。

一度目は、映画の初めで、借金苦に悩むヘンズロウが拷問に掛けられたとき、ウィルの新作の共同経営者としての儲け話を金貸しのフェニマンに誘いをかけ、その時は一旦解放されますが、劇場が閉鎖されたままなので芝居の上演が出来ないことを理由に、再びフェニマンとその二人の手下に捕まえられ、危い目に逢おうとしたその矢先、「劇場経営には、とうてい乗り越え難い障害があり、その一つが自然現象だが、それはなかなか現実には来ない。どうすればいいかと聞かれても、何もしません。奇妙なことに、結局、すべて上手く行くんです。手前には分かりません。それは謎です」と言い繕った途端に、奇跡的に劇場閉鎖が解かれ、彼は密かに勝ち誇り、その場を逃れる、広場での場面です。

二度目は、ロミオを演じるはずのヴァイオラが女性であることが暴露され、女性が舞台に上がってはならないとする当時の法律に触れたため、舞台から追放されて彼女が不在のまま、『ロミオとジュリエット』は幕を開けます。だが、幕開きの序詞役を演じるウォバッシュのどもりが直らないのを舞台袖で聞いていたウィルが思い悩んで隣のヘンズロウに「もうダメだ」と言うとき、ヘンズロウは「上手く行くさ。どのようにだって。俺にも分からねぇが、それは謎だよ」と言います。開幕すると、ウォバッシュは打って変わって、物の見事にプロローグの台詞を朗誦し、喝采を浴びるのです。

三度目は、ジュリエット役の若者サムの声が野太くなっていることが判明する時です。サムはちょうど変声期に差し掛かり、地方巡業からロンドンの芝居小屋へ戻って来た時に、ウィルにまた可愛い娘を演じてくれるかと聞かれて、かすれた声で答えたのをウィルは少し心配しました。ウィルは、彼の股ぐらを掴んで、「落ちたのか（精液が貫通し男になったのか）」と聞いたことがありましたが、舞台稽古中にサムは女性服のサイズが体に合わなくて苦しいと愚痴を言い、本番で登場する場面が近づき、サムが全く女性の声が出せなくなったことをウィルに打ち明けるとき、傍にいたヘンズロウは、「また小さな問題か、一旦始まった見世物は続けなくてはならん。ジュリエットの出番はまだだいぶ先だ。何とかなるさ。どうやってだかわしには分からん。それは謎だ」と言う。そして実際に、それはうまく行くのです。

ヘンズロウがジュリエットを演じる者がいないことを観客席のバーベッジに告げに行くと、すぐ傍の席に結婚してウェセックス令夫人となったヴァイオラが乳母と一緒に座って、二人の会話を聞いていました。「サムはどうしたの」と尋ねる彼女に向かって、ヘンズロウから「どちら様ですか」と問われ、ヴァイオラは「トマス・ケント、芝居の台詞は全部暗唱しています」と答え、期せずして、ジュリエットとして舞台に上がることになります。みんな豚箱行きだと嘆じるヘンズロウとバーベッジでしたが、結局、ロミオをウィルが、ジュリエットをヴァイオラが演じることになり、現実の世界では叶えられなかった二人の愛が舞台の上で、美しい悲劇として実現されることになります。

四度目は、ヴァイオラの台詞です。最後の別れの場面で、ヴァイオラは女王の介添えでウェセックス卿から巻き上げた（実は、ヴァイオラの父親からウェセックスがせしめたものでしたが）五〇ポンドの金袋をウィルに向かって差し出して、

「もう雇われ役者ではないわ。真の愛を描ける詩人への御褒美よ」と言います。

【ウィル】芝居とは手を切った。芝居は夢見る人たちのものだ。夢を見た僕たちがどうなったか、とくとみてごらん。

【ヴァイオラ】私たち自身がしたことよ。そしてわたしはこれ以外の人生は望まなかったわ。

【ウィル】君を傷つけて、済まない。

【ヴァイオラ】わたしを傷つけたことで、もう二度と書かないというのであれば、わたしはそれだけいっそう残念だわ。女王様は喜劇をご所望よ、十二夜を祝して。

【ウィル】（辛辣な口調で）喜劇の主人公は、王国中で一番惨めな男、恋病にかかった奴か。

【ヴァイオラ】始まりは、そうね、その人は公爵としましょう。ヒロインはどうす

るの。

【ウィル】結婚して売られ、アメリカに行く途中。

【ヴァイオラ】じゃあ、海の上、新世界への旅の途上。

【ウィル】嵐が起きて、全員溺れ死ぬ。

【ヴァイオラ】彼女は広大な何もない海岸に辿り着き、公爵の許へ赴く、公爵の名はオルシーノ。

【ウィル】（我にもあらず）オルシーノ。いい名だ。

【ヴァイオラ】貞淑が汚されるのを恐れて、男装して行くの。

【ウィル】そのため彼への愛を打ち明けられない。

【ヴァイオラ】でも、すべて上手く行くの。

【ウィル】どうやって。

【ヴァイオラ】分からない、それは謎よ。


ウィルは、ヴァイオラを決して年を取らず、色褪せず、ましてや死ぬことのないヒロインに描くことを約束します。ヴァイオラは、彼にとって掛け替えのない永遠のヒロインとなるのです。映画の最終場面で、ウィルが自室の屋根裏部屋で白い頁にペンを動かし始める。新作のタイトルは『十二夜』。画面には、新世界行きと思《おぼ》しい船が難破し、荒海に投げ出され弄《もてあそ》ばれる女性の姿が映し出される。それに重ねて、ウィルの声、「荒々しくうねる大波、勇壮な船はばらばらに砕け、乗船した人々は海に呑まれる。たった一人の女性を除いて。彼女の生きようとする力は荒波の力を凌《しの》ぐ。荒海を乗り切って、新しい人生が見知らぬ異国の浜辺で始まる。新しい愛の物語の始まり、彼女は僕の永遠のヒロイン、彼女の名は、ヴァイオラ」。映画は、ヴァイオラがゆっくりと「素晴らしき新世界」へ向かって歩いて行く姿が徐々に遠景化されて終ります。

＊

「それは謎よ」という言葉は、シナリオ作者たちが、この映画の主題として構想した思いをまさに謎解きするものだと思われます。この映画には、芝居に関わることで変化する多くの人々が存在します。ヘンズロウ、フェニマン、ウィル、バーベッジ、エリザベス、ヴァイオラ，乳母、バッシュフォード、アレン、そしてメイクピース。ウィルとヴァイオラについては、すでに述べてきましたので、二人以外の代表格四名を取り上げて解説してみましょう。

　まずは、高利貸しのフェニマン。映画の始まりで、彼は二人の手下とグルになり、貸した金を取り戻そうとローズ座の舞台裏で、ヘンズロウを拷問にかけています。ヘンズロウに新しい劇の共同出資者としての儲け話を持ちかけられて、多額の金利を借り手に吹っ掛ける彼は、算術の天才フリーズに劇上演の収入を計算させ、その話に乗りますが、彼には劇それ自体には全く興味はなく、ただその手段を利用して、儲けることのみが頭にあるのです。しかし、一旦、ウィルの新作の芝居の稽古が始まると、それを傍らで見物するフェニマンは、次第にそれにのめり込み始めます。アレン初め海軍大臣一座の役者たちが地方巡業から本拠地の芝居小屋に戻ってきたとき、アレンにお前は何者と一喝されて、蚊の鳴くような声で、「私はお金です」と答え、「命が惜しくば、黙っていろ。天才が伝説を作り出す様を一心不乱によく見ていろ」と言われて、恭《うやうや》しく平身低頭して、「そのように致します」と応答するフェニマンは、この時点から芝居好きの人間へと急速に変貌して行くのです。

　舞台上で芝居の稽古の最中に、何でも係のピーターがウィルから渡されたばかりの出来立ての台本の内容を、平土間席でヘンズロウに向かい声を立てて講釈しているとき、フェニマンは、とうとうこれに我慢できず、憤然として、犬を蹴飛ばし、ヘンズロウに食ってかかります。「おいこら、おしゃべりは止めろ。出て行け。（これを聞いてアクションが止まった舞台上の役者に対して）、お騒がせして、幾重にもお詫びを申し上げる。さあ、稽古を続けて下され」と言うのが、彼が「生まれ変わった熱心な芝居大好き人間」になった証拠です。

その熱意にほだされてか、ウィルは彼に薬屋の役を与えます。ロミオに毒薬を売る、台詞は少ないが大切な役柄でした。フェニマンは、大変熱心に台詞を覚えようとしますが、所詮、初心者であり、本番では、慌てて台詞の順番を間違えてしまいます。ただ、その方がかえって演技に説得力が増す好結果となります。劇の最終場面で、ジュリエットが自殺するとき、観客席で観劇していたフェニマンは、自慢の緑の帽子を取って弔意を示し、舞台の上での迫真の演技に敬意を表すのでした。

第二は、ヘンズロウ。当時の二大劇団は、バーベッジとヘンズロウによって統率されていました。〈宮内大臣一座〉を率い、カーテン座の座主で、有名な俳優でもあったバーベッジに対して、ヘンズロウは〈海軍大臣一座〉を率い、薔薇座を主宰し、主役として娘婿のエドワード（ネッド）・アレンを擁して、互いに覇を競っていました。

ロンドンに疫病が流行したせいで劇場が閉鎖され、当の映画に従えば、恐らく、昨年の九月に薔薇座で『復讐される金貸しの哀れな悲劇』という演目が上演されて以来、何も舞台にかからず、ヘンズロウは借金苦に喘いでいました。高利貸しのフェニマンに返済を厳しく迫られて、彼はウィルが書いているはずの喜劇の題名を勝手に『ロミオと海賊の娘エセル』として、まだ頭の中に大事に仕舞ってあると気のないウィルに執筆を強く迫ります。

ヘンズロウの喜劇観は、「大向こうの笑いを取るもの、人間違い、難破、海賊の王、少々の犬芸、最後は愛の勝利」を大筋とするものでした。実際に、エリザベス女王の宮廷で『ヴェローナの二紳士』が上演され、道化役のケンプが舞台の上でアドリブを交えて、犬と戯れるのを見物する観客が、女王も含めて大笑いをし、喝采するのを見て、彼はウィルに向かって、「愛と少々の犬芸、それが観客の望む全てだ」と言います。しかし、前にも述べた通り、ウィルは喜劇観が変化しようとしている途上にあり、自作を観劇中に、あくびをかみ殺しています。

『ロミオとジュリエット』が舞台の上で稽古される間も、そして、ウィルがヴァイオラとの実体験を踏まえて、それを喜劇から悲劇へと変貌させていく間も、ヘンズロウはずっと自らが提供した喜劇観に沿って、その芝居が書き継がれていると信じ、犬はどこに出てくるのかとか、海賊の王はどうしたとか、難破はとか、従来の観客の笑いを取るだけのどただばた喜劇にこだわり続けています。劇の主人公の二人が最後に死ぬ運命を聞かされても、きっと観客は笑い転げるだろうと、皮肉とも、諦めともつかない冗談を吐くのです。

しかしその彼も、この劇の出来栄えには満足し、劇の上演が何とか上手くいくように色々と骨を折るし、豚箱に入るのを覚悟の上で、ヴァイオラをジュリエットとして舞台に上げて、劇の行く末を見守り、上演が成功裏に終わると、先頭に立ち、諸手を挙げてそれを祝福します。彼自身の目論見はたとえ裏切られても、素晴らしい出来栄えの悲劇に素直に感銘を受けることに甘んじているのです。

第三は、ピューリタンの説教師、メイクピース。彼は、市の立つ町の広場で、芝居弾劾の熱弁を奮います。「芝居小屋は悪魔の小間使いだ。カーテン座という名の下に、つまり、カーテンの影に隠れて、役者どもはお前たちの女房には淫らさを、召使には反逆心を、徒弟には怠け心を、子供たちには悪戯心を植え付ける。薔薇座は、どんな綺麗な名で呼ばれても、腐った臭いを放つ（この言葉は、ジュリエットの「薔薇はどんな名前で呼ばれても、同じようにいい香りがするわ」を踏まえています）。双方の芝居小屋に疫病（神の祟り）が降りかかるがよい（この言葉を聞いたウィルは、いずれ劇作に利用できると思い、彼に感謝して十字を切る、実際に、この言葉は、マキューシオが死ぬ間際に挙げる罵りのセリフ「両家とも呪われよ」に呼応します）」。

メイクピースは、いかにも娯楽嫌いのピューリタンらしく、芝居小屋が悪の巣窟《そうくつ》であるとして芝居見物を指弾し、人々が芝居見物に行くのを止めようとしますが、新作『ロミオとジュリエット』を見物に行こうとする大勢の人波に押されて、否応なく劇場内へと飲み込まれてしまいます。皆に静かにするように強要されて、仕方なく芝居を見物することになりますが、劇の最後には感動のあまり、我にも非ず、誰にもまして涙ながらに拍手喝采を贈ることになるのです。実体験によって劇の素晴らしさを感得したのでした。

最後の例は、エリザベス女王その人。女王は、饗宴局長ティルニーを介して、劇団を宮廷に呼び寄せて芝居を演じさせるほど一見芝居好きに描かれています。ところが、『ヴェローナの二紳士』の上演中に、道化のケンブが犬芸を披露し、アドリブを連発して観客の笑いを取るときには、犬に呼びかけて「見事じゃ、クラブ殿、褒めてつかわす」と呼ばわり、舞台上の犬にお菓子を投げ与えてご満悦ですが、恋するヴァランタインを演じるコンデルが「シルヴィアがいなければ、光は光ではない。シルヴィアがいなければ、喜びは悦びではない・・・」と愛のセリフを独白するとき、半ば眼を閉じて眠っている。芝居では、本当の愛は描けないと思っていて、芝居の上での作りものの愛のセリフにはさして興味がなく、不満なのです。

この映画において一つの核心的な場面があります。当時、貴族が結婚するときには、女王陛下の承認を必要としました。ウェセックス卿がヴァイオラを引き連れて、グリニッジ宮殿で女王に謁見する場面がそれにあたります。女王とヴァイオフが対峙して、女王に「そなたには見覚えがある、宮殿での芝居の常連である者だな、芝居がそれほど好きか」と問われ、緊張のあまりか細い声で「女王陛下」としか応えられないヴァイオラに、女王は「大きな声で答えよ。そなたに女王陛下と呼ばれるまでもなく、わたしがだれなのかは自分でよく分かっておる。そなたは王と女王の物語が好きか、武勲の物語か、それとも宮廷風恋愛の物語か」と聞かれ、ヴァイオラは「芝居そのものが大好きです。とりわけ、詩が好きです」と言うと、女王に「ウェセックスよりもか」とからかわれ、周りの貴族たちの笑いを誘います。そして女王の「劇作家は愛について何も教えてはくれぬ。愛を小奇麗に描くか、コミカルに描くか、情欲に描くかだ。彼らには、本当の愛は描けぬ」という評言に対して、ヴァイオラは思わず口を滑らして「いえ、描けます。確かに、描いてはいませんし、これまでも描いては来ませんでしたが、描ける詩人が一人いると信じております」と言うと、それを聞いていた宮廷人たちはどうなることかと息を飲み、女王はまじまじと彼女を観察し、ウェセックスは怒り心頭に発し、女装しヴァイオラの付添として来ていたウィルは自分のことが言われているのだと悟って感動するのでした。

ウェセックスが下手な弁護をしようとして、「ヴァイオラ姫は世間知らずです。女王陛下は世の中のことは何でもご存知のご経験豊富な御方。仰《おっしゃ》る通り、自然と真実は芝居演技の大敵。わたくしめの財産を掛けてもよろしゅうございます」と平身低頭するが、女王に「財産がすっからかんだから（金持ちの令嬢との結婚の許可を得るため）ここに来たのかと思っておったが」と揶揄され、ウェセックスは誰かを殺してやりたいと思うほど恥で殺気立ちます。女王が「では、そなたの賭けに応じる者がだれかいるか」と宣《のたま》うと、ヴァイオラの付添に女装したウィルが「五〇ポンド」と応じる。（五〇ポンドは、ウィルが劇団の株主になり、一人立ちするために必要とする金額と同じ額です。因みに、現実に、一五九七年五月四日、シェイクスピアが三三歳のときに、故郷のストラットフォードで二番目に豪壮な屋敷を購入した時の値段が六〇ポンドでした）。ここで、隠れた形で、ヴァイオラの一言を巡って、ウェセックスとウィルが対峙する構図となり、女王はまだ決着がついていないとして、面白半分にその賭けの証人を買って出ます。

ロミオをウィルが、ジュリエットをヴァイオラが演じて、大成功裏に芝居が終わり、観客の鳴り止まぬ拍手喝采の内に一座の役者たちがカーテンコールを受けている最中に、饗宴局長のティルニーが部下たちを引き連れて舞台に乗り込んで来ます。女性を舞台に上がらせた罪を糾弾するためにです。ちょうどその時、身分を隠して観客の中に紛れ込んで観劇をしていたエリザベス女王が姿を顕わにし、ジュリエットを演じたトマス・ケントが本当は男性か女性かとくと検分しようと主張します。面前にジュリエット（ヴァイオラ）を呼び出し、ヴァイオラが“curtsy”（女性特有のお辞儀）を思わずしようとすると、眼で合図して“bow”（男特有のお辞儀）に変更させ、事の真相が分かっていながら、ジュリエット役者を男と認め、男でありながら見事な変装ぶりだと褒め、無罪放免を言い渡すのです。

そして、この芝居が舞台の上で本物の愛を描いて見せたことを認め、ウェセックスに賭けはそなたの負けだ、五〇ポンドは収まるべき場所に収めよと説諭します。しかし、「神が結婚で結び付けた両人を、女王である私といえど、引き裂くことはできぬ」と言って、ヴァイオラと知っていながら、ケントに向かって、今度はもっと愉快な芝居を十二夜のために書いて、とシェイクスピアに伝えなさいと言付けます。そして、帰りの馬車に向かうとき、その前に水溜りがあるのにやや躊躇《ためら》いますが、お抱えの騎士たちがマントを水溜りの上に広げるのを待つ間もなく、「遅すぎた、遅すぎた」と独り言を言って馬車で去っていくのでした。（これには有名な逸話があり、実際に、一五八一年にサー・ウォールター・ローリー Sir Walter Ralegh 卿が「さー、わたられい」と言って、女王の前の泥水に高価なマントを広げて、女王を通したと伝えられます。）

この「遅すぎた」という言葉は、この映画の内容からすると、暗示的です。もちろん、即物的には、マントを広げるのが遅すぎた、わたしはもう水溜りで服を汚して通り越した、という意味ですが、映画の中では、女王がウィルとヴァイオラに肩入れしていることを考え合わせると、神の前で結婚してしまったからには、すべてが遅すぎたと言わんとしているのかも知れません。

以上のように、芝居がなぜ人を変えるのか、それこそまさに「謎」ですが、その謎解きは、観客・読者の一人ひとりに委ねられていると言って過言ではないでしょう。

【映画情報】

監　督：ジョン・マッデン

脚　本：マーク・ノーマン、トム・ストッパード

出　演：グウィネス・パルトロウ（ヴァイオラ・デ・レセップス・架空の人物）、ジョセフ・ファインズ（ウィリアム・シェイクスピア）、ジュディ・デンチ（エリザベス一世）、ルパート・エヴェレット（クリストファー・マーロウ）、ジェフリー・ラッシュ（フィリップ・ヘンズロウ）、コリン・ファース（ウェセックス卿・架空の人物）、ベン・アフレック（エドワード（ネッド）・アレン）、イメルダ・ストーントン（ヴァイオラの乳母・架空の人物）、トム・ウィルキンソン（高利貸しのヒュー・フェニマン・架空の人物）、アントニー・シェア（モス博士・架空の人物）、サイモン・カルー（饗宴局長ティルニー）その他。

アカデミー賞以外の受賞歴：第五六回ゴールデン・グローブ賞の最優秀作品賞、最優秀主演女優賞、最優秀脚本賞。第五一回英国アカデミー賞の最優秀作品賞、最優秀編集賞、最優秀助演女優賞。ニューヨーク映画批評家協会賞、放送映画批評家協会賞。第四九回ベルリン国際映画祭銀熊賞、シカゴ映画批評家協会賞、フロリダ映画批評家協会賞で最優秀脚本賞。

製作年（国）：一九九八年（米）／上映時間：一二四分

第五章　"Nothing" の効用

——オスカー・ワイルド『理想の夫』論——

シェイクスピアの『リア王』*The Tragedy of King Lear*[*1]の冒頭近くに以下のセリフのやり取りがあります。父王に対する愛情の深さを三人の娘たちに言葉で競わせようと、リア王はそれぞれに自分に対する愛情を言葉で述べるように命令します。その愛情の深さに応じて、領地や財産を分配する魂胆なのです。

Lear: Meantime we shall express our darker purpose.
Give me the map there. Know, that we have divided
In three our kingdom, and ‘tis our fast intent
To shake all cares and business from our age,
Conferring them on younger strengths while we
Unburdened crawl toward death. Our son of Cornwall,
And you, our no less loving son Albany,
We have this hour a constant will to publish

Our daughters' several dowers, that future strife
May be prevented now. The princes, France and Burgandy,
Great rivals in our youngest daughter's love,
Long in our court have made their amorous sojourn,
And here are to be answered. Tell me, my daughters
(Since now we will divest us both of rule,
Interest of territory, cares of state),
Which of you shall we say doth love us most,
That we our largest bounry may extend
Where nature doth with merit challenge? Gonerill,
Our eldest born, speak first. [I. 1. 31-49]

＊1 『リア王』からの引用は、Jay L. Halio ed., *The Tragedy of King Lear*. Cambridge University Press, 1992 に拠る。日本語訳は小田島雄志訳を参照した。

リア王　その間に、今までは隠しておいた目論見を話そう。
そこの地図をくれ。この通り、王国はすでに三分してある。
自分の堅い決心としては、政治上面倒な気遣いを
ことごとく老人の肩から振り払い、
年若く、そして逞しい人たちに委ね
自分の重荷を降ろして死出の旅へと這い出すつもりだ。
コーンウォールの婿殿、そして同様に愛するオールバニーの婿殿、
今日わしは娘たちめいめいの嫁入りに持参のものを発表する所存だ。
そうすれば、後日争いの生ずるのを防ぐことになるであろう。
フランス王並びにバーガンディ公は、末の娘の
愛情を競い求めて、わが宮廷に
求婚の長逗留をなされたが、
今日はその返答があるはずになっておる。
さて娘たち、これから父は支配権も、
領土所有権も、行政管理権もみな譲るのであるが

お前たちの中で誰が一番孝養を尽くす気か。
親の愛情を深く受け、子としての心がけが立派な者には、
分に応じて最大の譲り物をしたいものだ。
ゴネリルは長女だ、まず最初に言ってご覧。

という問いかけに、長女のゴネリルがあることないこと、まことしやかにおべんちゃらを述べて、リアのご機嫌を取り、もらえる財産を豊かにしようとするが、その傍らで三女の純情な娘コーディリアは、傍白で本心を正直に述べます。

Cordellia: [Aside] What shall Cordelia speak? Love, and be silent. [I.1. 56]
コーディリア　［傍白］コーディリアは何と言おう。孝行はするが、だまっていよう。

この後、父王の要請に応えて、次女のリーガンも姉の美辞麗句に負けず劣らず、心にもない父への愛情の言葉を連ねて、父の歓心を買おうとしますが、いよいよ自分の番になったコーディリアは、父の

Lear: ……What can you say to draw
A third more opulent than you sisters? Speak. [I. 1. 80-81]
姉たちよりももっと大きい三番目の領土を
我が物とするためにお前はどう言えるか。話してご覧。

という穏やかな問いかけに対して、

Cordelia: Nothing, my lord.
なにもございません。父上。

と思わず答えてしまいます。一番信頼していた末娘の思いがけない答えに、戸惑いを隠せないリアは

Lear: Nothing will come of nothing, speak again. [I. 1. 84]
なにもないだと。何もないとこからは何も出てこないぞ。言い直しなさい。

と催促するが、コーディリアは次のように答えます。

Cordelia: Unhappy that I am, I cannot heave
My heart into my mouth:, I love your majesty
According to my bond, no more nor less. [I. 1. 85-87]

不仕合せなことに、わたくしは真心を口先まで持ち出すことができません。お仕えは致します。親子の絆に従いそれ以上でも以下にでもなく。

末娘の捗々《はかばか》しくない返事に業を煮やしたリアのさらなる催促に対して、以下のやり取りが続きます。

Cordelia: Good my lord,
You have begot me, bred me, loved me. I

Return those duties back as are right fit,
Obey you, love you, and most honour you.
Why have my sisters husbands, if they say
They love you all? Happpily, when I shall wed,
That lord whose hand must take my plight shall carry
Half my love with him, half my care and duty.
Sure, I shall never marry like my sisters.

Lear: But goes thy heart with this?

Cordelia: Ay, my good lord.

Lear: So young, and so untender?

Cordelia: So young, my lord, and true.

Lear: Let it be so, thy truth then be thy dower.
For by the sacred radiance of the sun,
The mysteries of Hecate and the night,
By all the operation of the orbs

From whom we do exist and cease to be,
Here I disclaim all my paternal care,
Propinquity and property of blood,
And as a stranger to my heart and me
Hold thee from this forever. The barbarous Scythian,
Or he that makes his generation messes
To gorge his appetite, shall to my bosom
Be as well neighboured pitied, and relieved,
As thou my sometime daughter. [I. 1.90-113]

コーディリア　お父様、
生みもし、育てもし、可愛がってもいただきました。
お礼として孝行は当然果たします。
従順で、孝行で、最も敬愛いたします。
お姉様たちは、何はさておきご孝行なさると仰《おっしゃ》るならば、なぜ夫のある身となられたのでしょう。
たぶん、わたくしも結婚すれば、契りを結ぶ
その主人が私の愛情も、心遣いも
義務をも、半分は持って行かれることになるでしょう。
お姉様たちのような結婚は私決して致しません。
誰を差し置いてもお父様にお仕え申すはずならば。
リア　だが、お前の心はその言葉通りか。
コーデェリア　左様でございます。
リア　そんなに若いのに、そんなに頑固か。
コーデェリア　こんなに若いので、本当のことを申します。
リア　勝手にするがよい。お前の本当とかを持参金にせい。
日の神の神々しい御威光に誓い
黄泉《よみ》の女神の闇夜の密儀に誓い
我々に生を授けまた奪う
諸々の天体のあらゆる作用に誓って、

親たる心遣いも、血縁の続きや
繋がりも、ここに一切断絶を宣言し、
かつ今から未来永劫わしの身にも心にも
お前を赤の他人と思うぞ。シジアの野蛮人や
食欲を満たすためには肉親を
食い物にする奴をも、今までは娘であったお前に比べれば、
心に適う隣人ともなし、気の毒にも思い、
そして助けてもやることになるだろう。

この後、忠臣ケント伯の取り成しにも全く耳を貸さず、リアはコーディリアに対してこそ最も豊かな遺産を与えたいという自らの希望を裏切られて、怒り心頭に発し、彼女を勘当同然として、フランス王に嫁がせます。周知のとおり、リアはこの後二人の娘たちに惨《むご》い扱いを受け、自らのアイデンティティを喪失して「リアの影法師」（一、四、一九〇）とフールに皮肉られるようにまでなり、王としての権威は地に落ちることになります。この劇で、リアのセリフ“Nothing will come of nothing”は劇のテーマとして非常に重い言葉であ

ると思われます。「只の屑、全く役に立たないもの、無、ゼロ」という意味の"nothing"が、実は、あらゆる有用なものの原石という意味になるからです。リアは「愛を表す言葉が何もないならば、何ももらえないぞ」という脅しの言葉を言うのですが、しかし、この劇は、まさにNothingであるコーディリアが、有用なものを生み出す原石として作用する筋立てなのです。コーディリアと並んでnothing的な存在なのが、宮廷道化のFoolですが、このフールは、いわゆる「ワイズ・フール」としての機能を果たし、乞食同然の落ちぶれ果てたリアに常に付き添い、きつい言葉をリアに突き付けたりもしますが、コーディリアと同様に真実を述べる正直者でもあります。この劇には,「時の老人が真実の娘を救い出す」という寓意が見られるとされ[*2]、リアは、劇の最後になってやっと、地位とか財産とかではなく、物事の本当の真実をコーディリアのお蔭で理解できるようになります。nothingからは何も生まれないのではなく、nothingからこそこの上なく有用なものが生まれるということを思い知ることになるのです。

＊

これと同様のことが、オスカー・ワイルド作*An Ideal Husband*の映画版スクリプト[*3]にも当てはまるのではないかと思われます。

理想のカップルとして世間の喝采を浴びているチルターン夫妻［Lady Gertrude と Sir Robert Chilterns］は、今やわが世の春を謳歌していますが、夫妻の屋敷で開かれたパーティに邪魔者が突然現れます。チヴァリー夫人です。彼女はガートルードと昔同じ学校に通っていましたが、ある不正の廉《かど》で追放された人です。その後、色々と危ない橋を渡って、現在の地位を手に入れましたが、陰のある女性であるようです。[*4] ロバートが昔、駆け出しの政治家として、大臣の秘書を務めていた頃、国家の機密文書を盗み出し、それを当時、尊敬していたアーンハイム男爵に譲渡し、大もうけした男爵から大金を贈られます。それを基にして、現在の花形の政治家の地位に上ったとして、当時彼が書いた手紙をダシに彼女にゆすられるようになるのです。この危機的瞬間に登場し、大活躍するのが夫妻の友人

＊2　岩崎宗治『シェイクスピアのイコノロジー』、三省堂、一九九四年、一八〇―〇一頁参照。

＊3　映画版スクリプトからの引用はすべて、Oliver Parker, *An Ideal Husband based on the play by Oscar Wilde* annotated by Akira Tamai and Tomoko Okita, Eihosha, 2001 に拠る。

＊4　この映画では、アカデミー主演女優賞を受賞したことのある名女優ジュリアン・ムアー［Julianne Moore］が演じているが、絶賛ものの非常に陰影に富んだ役柄を作っている。

で、代々の貴族の家柄の御曹司ゴーリング卿Lord Arthur Goringです。いかにも家柄の良い貴族のように、彼は世間を超越し、ぐうだらな生活を送り、父の催促にもかかわらず、結婚もしていない。父カヴァシャム卿にとっては、自慢の息子どころか、ロバートの爪の垢でも煎じて飲ませたい体たらくの息子なのです。ところが、この手紙事件でアーサーが八面六臂《ろっぴ》の大活躍をすることになるのです。アーサーは昔若いころ、若気の至りで、チヴァリー夫人と婚約していたことがありました。それを口実に彼は彼女に近づきます。チヴァリー夫人にも何か魂胆があり、アーサーに接近するのですが、例の手紙をめぐって、二人の間に駆け引きが続きます。

さて、ワイルドの劇作品とそれを基に書かれた映画版のスクリプトには、細かい点は色々と違いがありますが、大きな点では少なくとも二箇所の相違点に着目すべきだと思われます。一つは、ロバートが議会でする演説の言葉が元の劇作品には書かれていないが、映画版スクリプトには、そのレトリカルな演説がすべて書かれていることです。

そして、映画の最後近くで、目出度く、ロバートの妹メイベルとアーサーとの結婚式が終わった直後の、次のセリフの遣り取りは注目に値いします。すべてがハッピーエンドで締め括られる場面です。

At the front of the congregation, Robert sits with Gertrude.

Robert: (whispering) Gertrude….

Gertrude: Yes, my love?

Robert: That letter, the one you wrote to Arthur: “I need you. I am coming to you.” Do you? Need Arthur?

Gertrude: In a certain way, yes, my love.

The service continues. Then:

Gertrude (cont’d)**:** Robert…

Robert: Yes, my love?

Gertrude: Oh … nothing.

Arthur and Mabel stand at the altar, with Lord Caversham.

Caversham: And if you don’t make this young lady an ideal husband, I’ll cut you off with a shilling.

Mabel: An Ideal husband! Oh, I don't think I should like that. It sounds like something in the next world.

Caversham: What do you want him to be then, dear?

Mabel: He can be what he chooses. All I want is to be …to be…oh! A real wife to him.

Caversham: Upon my word, there is a good deal of common sense in that, Lady Goring. You don't deserve her, sir.

Arthur: My dear father, if we men married the women we deserved, we should have a very bad time of it.

Caversham: You are heartless, sir, quite heartless.

Arthur: Oh, I hope not, father.

Father and son try not to smile. Their eyes betray them. The extremely newly-weds kiss. Robert sees that Gertrude still looks preoccupied

Robert: What is it, my love?

Gertrude: Well, I was just wondering… Is there in your past anything else you…no, no. No, I think I've had quite enough of the truth for one Season.

They smile. They kiss.

（集会の前面にロバートがガートルードと一緒に座っている。）

ロバート　（ささやき声で）ガートルード・・・

ガートルード　なにかしら、あなた。

ロバート　例の手紙だよ、君がアーサー宛てに書いた手紙さ「あなたが必要なの。あなたの許へ参ります。」本当に、アーサーが必要かい。

ガートルード　ある意味ではね、あなた。

（結婚の儀式が続く。）

ガートルード　ロバート・・・

ロバート　何だい、愛しい人？

ガートルード　あら、何でもないわ。

（アーサーとメイベルはカヴァシャム卿と共に祭壇のそばに立つ。）

カヴァシャム　もしお前がこの若いご婦人のために理想の夫にならなければ、びた一文やらないでお前を勘当するぞ。

メイベル　理想の夫ですって。そんなのまっぴらだわ。あの世での出来事みたいに聞こえるわ。

カヴァシャム　じゃ、何になってほしいのかな。

メイベル　何であれ、お好きなものに。私が望むのは、えっと、えっと・・・おぅ！　彼にとって現実の妻よ。

カヴィシャム　なるほど、それには常識がいっぱい詰まっておるわい。お前はこのご婦人には似合わないぞ。おい、こら。

アーサー　お言葉ですが、父上、私たち男がお似合いの女性と結婚した日には、男にとって最悪の日々を送ることになるでしょうよ。

カヴィシャム　心がけの悪い奴じゃ、全く情けない。

アーサー　そうでないことを祈るのみです。父上。

（父と息子は笑みを零《こぼ》さないように懸命だ。しかし彼らの眼が二人の努力を裏切る。結婚したての者同志の熱烈なキスだ。ロバートはガートルードが物思いに耽っているのに気づく。）

ロバート　どうしたんだい、愛しい人。

ガートルード　ちょっと考え事をしていたの。あなたの過去に何かしらあなたが白状したこと以外にあったら・・・いえ、いえ、いいの。社交界の一季節にしては充分過ぎるくらいの真実を知ってしまったと思うから。

（二人は微笑んでキスをする。）

この場面で重要なセリフは、ガートルードの「あら、何でもないわ」です。彼女は考え事をしていて、色々とごたごたしたけれど、すべてが丸く収まった今、その経緯を考えているはずで、丸く収めてくれたのは、結局アーサーであったと思い巡らしているはずです。この "nothing" ということばは、彼女の傍に立っているアーサーその人を指していると考えられます。アーサーは、先祖代々由緒正しい貴族の御曹司で、まさしく貴族的な生活を優雅に送り、功利主義がはびこる世間の俗悪に染まらず、自由気ままに生きている、常識に当てはまらない人物です。実用的な効率という観点からは「無、無用の長物、ゼロ」に匹敵しますが、数字に零が付くと無限の数へと増えていくように、控えめながら、この手紙事件では大活躍をし、何事もなかったかのごとく、すべてを丸く収める立役者なのです。まさしくnothingであることの効用と言えます。リアの言葉をもじれば、「nothingからは何も生まれない」のではなく、「nothingからこそすべてが生まれる」のでした。Nothingは、あたかも錬金術師のphilosopher's stone（賢者の石）のごとく、最も大切なモノを生み出す「生命の石」に等しいと言えます。

慌ただしい、効率を徳とする今の世の中は、役に立つもの、すぐに実用化できるものを重宝がりますが、目に見えてすぐに役には立たないけれど、長い目で見れば、必ずや何らかの効用となるnothingに等しいもの（例えば、文学研究をその極とする人文系の学問）こそ、本当の意味で、世界・社会・人類に必要なのではないかということを、この映画は逆説的に描いているように思われないでしょうか。

＊

ついでながら、nothingに関して、『ハムレット』三幕二場「場内の広間」の場での、ハムレットとオフィーリアのやり取りを検討してみましょう。

Queen: Come hither, my dear Hamlet, sit by me.

Hamlet: No, good mother, here's metal more attractive.

[Turns to Ophelia]

Polonius. [Aside to the King] O ho! do you mark that?

Hamlet: [lying down at Ophelia's feet] Lady, shall I lie **in your lap**?

Ophelia: No, my lord.

Hamlet: I mean, my head **upon your lap**.

Ophelia: Ay, my lord.

Hamlet: Do you think I meant **country matters**?

Ophelia: I think **nothing,** my lord.

Hamlet: That's a fair thought to lie between maids' legs.

Ophelia: What is, my lord?

Hamlet: Nothing.

Ophelia: You are merry, my lord.

Hamlet: Who, I?

Ophelia: Ay, my lord.

Hamlet: O God, your only jig-maker. What should a man do but be merry? For look you how cheerfully my mother looks and my father died within's two hours.

Ophelia: Nay, 'tis twice two months, my lord.

Hamlet: So long? Nay then, let the devil wear black, for I'll have a suit of sables. O heavens, die two months ago and not forgotten yet! Then there's hope great man's memory may outlive his life half a year. But by'r lady a must build churches then, or else shall a suffer not thinking on, with the hobby-horse, whose epitaph is "For O, for O, the hobby-horse is forgot."

王妃 ここへお出で、ハムレット、母のそばへ。

ハムレット いいえ、母上、ここにもっと引力の強い金属（オフィーリアの女としての魅力）がありますゆえ。

ポローニアス （国王に耳打ちして）ど、どうです、お聞きになりましたかな。

ハムレット （オフィーリアの足元に横たわって）お嬢さん、膝に寝かせてもらえるか？

オフィーリア　いいえ、いけません。
ハムレット　この頭に膝枕をということだが、それでも？
オフィーリア　いいえ、どうぞ。
ハムレット　はしたないことでもすると思ったか？
オフィーリア　そんなことは、別に、考えてもおりません。
ハムレット　娘の膝の間に寝ることは純で真っ当な思いであろう。
オフィーリア　また何か御冗談を？
ハムレット　そんなこと、別に。
オフィーリア　まあ、おふざけになって。
ハムレット　だれが、おれが？
オフィーリア　ええ。
ハムレット　しょうがあるまい、おれは天下随一の道化役者だからな。それに、人間、面白おかしく暮らすほか何をすればいい？　そら、見ろ、母上の顔を。たいそう楽しそうではないか。父上が亡くなって二時間と経たぬというのに、もうあれだ。

オフィーリア　いいえ、もう二月《ふたつき》の倍にもなります。

ハムレット　そんなになるか？　それでは喪服は悪魔に返し、同じ黒でも貂の毛皮くらい着なければな。驚いたな、死んで二月、まだ忘れられないとは。この分では偉い人の思い出は、死んで半年ぐらいはもちそうだ。だがその後は、教会でも建てておかねばなるまい。さもないと、張り子の馬同様、忘れられてしまおう。墓碑銘には歌の文句をそのまま刻めばいい、「張り子の御馬はどこ行った、忘れ去られていまやなし」と。

ここは、ハムレットが仕組んで、旅役者たちにハムレットの父ハムレット王が殺されたと想定される実際の場面を演じさせ、現国王クローディアスに観劇させて、その反応を観察し、彼の犯行を突き止めようと画策する芝居の中の芝居を観劇しようと席につく場面です。

その芝居上演の直前に、ハムレットと彼の恋人オフィーリアとの他愛のない会話が交わされますが、その中の nothing という言葉に着目して、考えてみましょう。

まず、現国王クローディアスと再婚した王妃である母が、息子のハムレットに向かって、自分の傍に来て座るように申し付けます。それに対して、ハムレットは、オフィーリアの方を向いて、より強い磁石がここにあるので、母の近くへは参れませんと申します。表面的にはやんわりと、王妃／母の申し入れを断る真の理由が、実は、他にあります。この後にありますように、母の夫であった先王ハムレットが亡くなってまだ間もないのに、先夫のことを忘れたかのように、母が先夫の弟の現国王と結婚し王妃に収まっていることに不満・憤りを感じているからです。

それを聞いたオフィーリアの父で、国王の信頼篤い大臣のポローニアスが例のごとくしゃしゃり出て、国王に対して、「ほら、やはり、ハムレット王子さまは、娘にぞっこんでしょう」とでも持論を言いたげであります。

ハムレットとオフィーリアの会話は微妙な意味を孕んで続きます。

当時、貴族階級では、膝枕をして劇を鑑賞することが最新流行でしたが、それに倣ってハムレットは、“Shall I lie in your lap?” と尋ねます。lap には、通常の「膝」という意味の他に、卑猥な意味で「女性性器の外陰」という意味があり、ここは文字通り、「性器の中に」という意味にも解釈でき、その場合、「性交」を暗示します。ただでさえ、前場面の三幕一場、いわゆる「尼寺の場面」で、何も知らないまま、父の言いつけ通りに振る舞うオフィーリアが父と王側に付いたと勘違いして、オフィーリアを激しい言葉で詰《なじ》ったハムレットは、彼女を愛していながらも、自らの気持ちに正直になれず、彼女を茶化すような言葉を発します。

nothingという言葉に注目すると、その前のcountry mattersとは、普通、「乱暴・狼藉」の意味ですが、country→cuntの関りで、「女性性器にかかわる事柄」の意味に取れます。そう取ると、オフィーリアの次のセリフのnothingは否定語ではなく、「まさにnothingのことを考えております」という意味に取れるのです。このnothingは、次のハムレットのnothingと同じく、「ゼロ、0」、つまり「空白」、男性性器を入れる器としての、「女性性器」という意味と取れます。

しかし、翻って考えてみれば、nothing「ゼロ」である空白を通って、女性の子宮で孕まれた生命が誕生するのです。つまり、最も尊いものが0から誕生するのです。このように、nothing「無」から尊いものが醸成されることが、逆説的ながら、人類の根源的事実なのです。その事実を端無《はしな》くも、この場面は示唆していると思われます。

このようにnothingには無限の価値が孕まれているようです。

『老子』に見える「無用の用」という言葉は、今の世の中で、傾聴に価する言葉ではないでしょうか。

あとがき

本書を読まれて、読者の皆様には、イギリスは、そして、イギリス文学は、面白いと思っていただけたでしょうか。この先は、ぜひ作品をお読みいただきたいです。本書との関連で言えば、以下の翻訳書がご期待に添えると思います。

• シェイクスピアの諸作品の翻訳は、色々とありますが、安価で便利なのは、
①ちくま文庫に収められた、松岡和子訳の諸作品。
②角川文庫に収められた、河合祥一郎訳の諸作品。
③白水Uブックスに収められた、小田島雄志訳の全作品。
その他、各文庫に収められた、シェイクスピア作品。
原文でお読みになりたい方は、日本語の詳しい注釈が付いた対注版である大修館

シェイクスピア双書全十二巻（重要な作品を全て含む）があります。

●シェイクスピアの詩集の翻訳書としては、
大塚定徳・村里好俊訳・著『新訳シェイクスピア詩集』、大阪教育図書、及び『新訳シェイクスピア全詩集』、近刊予定。

原文付きの、便利な『対訳シェイクスピア詩集』、柴田稔彦編、岩波文庫。

岩崎宗治訳『ソネット集と恋人の嘆き』、国文社。

・シェイクスピアと同時代、イギリス・ルネサンス時代の詩人たちの詩集の翻訳書としては、
大塚定徳・村里好俊訳『イギリス・ルネサンス恋愛詩集』、大阪教育図書。

岩崎宗治訳『英国ルネサンス恋愛ソネット集』、岩波文庫。

・サー・フィリップ・シドニーの諸作品の翻訳書としては、
大塚定徳・村里好俊訳・著『シドニーの詩集・詩論・牧歌劇』、大阪教育図書。

村里好俊訳解『ニュー・アーケイディア』第一巻、第二巻、大阪教育図書。

磯部・小塩・川井・土岐・根岸訳『サー・フィリップ・シドニー　アーケイディア』、九州大学出版会。

等があります。その他の作品は、これらの図書の参考文献を参照してください。

本書は、元々、かつての勤務先の『紀要』や学会誌、専門書等に掲載された拙稿に手を入れ、体裁等を整えてまとめたものですが、加筆推敲するにあたって、数多くの友人・知人にお世話になりました。中でも、学生時代からの長きにわたって親しくしている、東京学芸大学名誉教授の池田栄一氏と、三重大学の宮地信弘教授には、大変お世話になりました。また、西南学院大学名誉教授の古屋靖二先生と、畏友向井毅四国大学教授（福岡女子大学名誉教授）は、原稿段階で本書をご一読くださり、数多くのコメント・御教示を賜りました。また、親しい友人でかつて福岡女子大学の同僚でしたナイジェル・ストット氏は、序章で使った写真を数葉提供して下さいました。これらの方々のご厚意に、篤くお礼を申します。

本書には、著者が考えたアイデアが詰め込んでありますが、もしかしたら、勝手な思い込みが混じっていることを恐れます。読者諸賢の皆様には、異論・反論が多々おありになるのではないかと思われます。ご忌憚のないご意見、ご教示をお願いしたいです。

出版事情が悪い中、本書の意義をお認め下さり、出版をお引き受け下さった、開文社の安居洋一前社長と丸小雅臣新社長に深く感謝申し上げたい。

妻、雅子は一般読者の立場から色々な感想を述べてくれ、有難かった。この機会に、長年連れ添って一緒に歩いてくれている妻に、心から感謝し御礼を言いたい。

村里好俊

二〇一九年　八月

著者紹介

村里《むらさと》 好俊《よしとし》　一九五二年長崎県有家町（現、南島原市）生まれ。

一九七八年　九州大学大学院博士課程中途退学。文学博士（大阪大学）。和歌山大学教育学部、福岡教育大学、福岡県立福岡女子大学文学部、熊本県立大学文学部で三九年間教えた後、定年退職し、熊本県立大学名誉教授。

編著書として、『女性・ことば・表象――ジェンダー論の地平』（大阪教育図書）、『映画で楽しむイギリス文学』及び『映画で楽しむイギリスの歴史』（金星堂）。

共著書として、『詩人の王スペンサー』、『詩人の詩人スペンサー』（以上、九州大学出版会）、『一七世紀英文学と戦争』、『一七世紀英文学を歴史的に読む』（以上、金星堂）、『フォースター文学の諸相――小説と小説論』（英宝社）等。

翻訳書（共訳も含む）として、『ニュー・アーケイディア』第一巻、第二巻、『イギリス・ルネサンス恋愛詩集』、『新訳シェイクスピア詩集』、『二歩進んだシェイクスピア講義』、『シドニーの詩集・詩論・牧歌劇』（以上、大阪教育図書）、『トマス・グラバーの生涯――大英帝国の周縁にて』（岩波書店）、『魔女と魔術の事典』（原書房）等があり、英文論文集 *Spenser in History, History in Spenser* (Osakakyoikutosho) を共同編集している。

イギリス文学・文化の散歩道
——シェイクスピア／シドニー／メアリ・ロウス／ワイルド（検印廃止）

2019 年 9 月 25 日　初版発行

著　　者　　村 里 好 俊
発 行 者　　丸 小 雅 臣
印刷・製本　モリモト印刷

〒 162-0065　東京都新宿区住吉町 8-9
発行所　開文社出版株式会社
TEL 03-3358-6288・FAX 03-3358-6287
www.kaibunsha.co.jp

ISBN 978-4-87571-098-1　C3098